Avram Davidson

Rork!

Spatterlight

Amstelveen 2021

Rork!

Avram Davidson

Uitgegeven door Spatterlight, Amstelveen 2021
Oorspronkelijk verschenen als *Rork!*, Berkley Medallion, New York 1965
Een eerdere versie van deze vertaling verscheen bij Scala, Rotterdam 1977

ISBN 978-1-61947-403-1

www.spatterlight.nl

"Avram Davidson vereenzelvigt vele talenten en attributen, waaronder verbeelding, stijl, en bovenal, humor."

 — Ray Bradbury

"Ik heb nooit eerder een schrijver gekend die zo'n helder begrip had van het verband tussen het gebruik en de ritmes van een taal of dialect, en de alledaagse ritmes van hen die haar spreken."

 — Peter S. Beagle

"In Davidsons hoofd lag de totaliteit van meerdere borgesiaanse bibliotheken opgeslagen en zomaar voor het grijpen."

 — William Gibson

"In de onvoorstelbaar vruchtbare duisternis van zijn verbeelding, is rationeel gedrag als de kortstondige flits van een zaklamp tijdens een middernachtelijke onweersbui in een tropisch woud."

 — Ursula K. LeGuin

"Een briljante, humeurige oude schrijver, die denkt dat jij net zo slim bent als hijzelf, of tenminste dat je het zál zijn zodra hij klaar is met jou iets te vertellen op zijn eigen unieke wijze."

 — Neil Gaiman

HOOFDSTUK 1

Rango, de tamme Tock, zweette behoorlijk terwijl hij aan het werk was in het smalle dal tussen Blicky-Werd-Gepakt en Laatste Rand. Het lag zuidelijker, dit dal, dan de meeste Tocks prettig vonden, en ook Rango voelde zich er niet zo op zijn gemak, maar twee verlangens hielden hem aan het werk. De laatste tijd scheen niemand hier in dit dal geweest te zijn, en het was vlammend rood van de roodvleugel. Het was gemakkelijker werken, gewoon de planten uittrekken zonder op te staan, al zou het hem later wel duur te staan komen. Maar zijn rug zou toch wel zeer doen, hoe hij ook werkte, en zo kon hij meer gedaan krijgen. Een fles water en een doos gebakken tataplant lagen in een gat waar de zon niet bij kon komen, met een bos langgras ernaast.

Als Rango voelde dat hij niet meer kon bukken zou hij de rood-vleugel met het langgras opbinden. Eten. Uitrusten. Als de zon aan haar lange vlucht omlaag begon zou het tijd zijn om te vertrekken en naar zijn huisie terug te gaan vóór de zonsondergang en het eindeloze rumoer van de gilkinderen een einde maakten aan de veiligheid van de dag. Morgen ging de roodvleugel, en alle andere roodvleugel die naast zijn huisie opgeslagen lag naar de Tockyloods bij het Gildestation. Daar zou hij er fiches voor krijgen. Met een paar fiches zou hij spullen kopen voor een grote pot tockyrot — genoeg om lekker lang bezopen te blijven. Dat was hij al een hele tijd niet geweest en hij had het zó nodig.

Maar de andere fiches, net als zo veel andere fiches in het verleden, zouden naar dat sluwe wijfje gaan, Ista de Heksendokter. En wanneer er honderd bij elkaar waren (Rango hoopte vurig dat dat heel gauw zou zijn), zou Ista een amulet maken die aan een lang leren riempje aan zijn hals zou komen te hangen. En met die amulet zou hij veilig kunnen werken, in dit verre dal en nog verder zuidelijk als hij durfde — veilig voor de rorks.

Het was de derde generatie na de Derde Oorlog om de Melkweg. Van een duidelijk herkenbare 'val van de beschaving' was het niet gekomen, maar het menselijk ras — zelfs het kleine deel dat woonde op de werelden die voornamelijk door andere rassen werden bewoond en die daarom neutraal waren gebleven ('Vrije Werelden' werden ze genoemd) — het menselijk ras was moe. Na drie generaties was het menselijk ras nog steeds moe.

De Napoleontische oorlogen, uit een ver verleden, hadden de gemiddelde lengte van de Fransman met drie, vier centimeter verminderd, en de Plata-oorlogen uit dezelfde eeuw hadden het leven gekost aan tachtig procent van alle mannen boven de veertien van het vergeten Paraguay dat zich nooit meer van deze klap hersteld had. Iets dergelijks was hier gebeurd. De oorlog had zoveel gekost, zoveel levens, geestkracht, geld, materiaal, dat er geen ruimte meer was voor uitbreiding, extra inspanning, vooruitgang — voor iets anders dan een vermoeid en bijna tekortschietend vasthouden aan wat er was.

Je deed het werk dat je had met een minimum aan inspanning en dat werk bleef je je hele leven doen, en je was voorzichtig en zuinig en consciëntieus omdat je pensioen niet overhield. 'De Honderd Werelden' — het was een mooi rond getal, en het was zowel pedant als tegen de etiquette om erop te wijzen dat voor de Eerste Oorlog het er honderdeenendertig waren geweest en dat het er nu, na de Derde Oorlog, nog maar vierenzeventig waren.

Van deze werelden was Pia 2 het meest afgelegen. 'De mooiste meid binnen tien lichtjaren' noemde je de planeet als je in een pesterige bui was, of Ptolemaeus Soter, als je formeel wilde doen — dat wil zeggen, als je er weleens van gehoord had, maar waarschijnlijk had je dat niet.

Edran Lomar wel, en alle mensen aan boord van het Q-schip dat om de vijf jaar langs kwam ook, maar Lomar was waarschijnlijk de enige die blij was dat hij van Pia 2 had gehoord. Alle anderen zagen het alleen maar als een dooie reis naar een dooie kolonie. Lomar zag Pia 2 als de redding van zijn ziel en zaligheid, de vleesgeworden wens van zijn dromen. Zo was het in ieder geval altijd geweest. Maar nu begon de lange reis van Wisselpunt Tien (na de lange reis van de Oude Aarde) aan zijn zekerheid te vreten.

"Heb je gevraagd of je daarheen mocht?" Wat had hij er genoeg van, verschrikkelijk genoeg van, om steeds weer dezelfde vraag te horen, op steeds weer dezelfde ongelovige toon gesteld. Hij had er nóg meer genoeg van dan van de dode, dode lucht en de zware, zware polsslag van het schip.

Mensen gingen niet vrijwillig naar Pia 2. O, het was geen strafkolonie, zoals Trismegistus, geen Hellewereld. Maar het was een arme wereld, en afgelegen — niet eens zó ver in afstand, al was die groot genoeg. Er waren werelden die nog veel verder weg lagen. Thule. Usk. Hyperthule. Conway's Troost, de ene zijde eeuwig badend in het bloedrode licht van zijn grote, stervende zon, de andere zijde eeuwig, als een blind oog naar een dode zwarte hemel gekeerd, waarin nooit meer dan drie zwakke, kleine sterren schenen. En het eenzame, eenzame Hermes Trismegistus.

Maar zelfs de verste van deze werelden werd jaarlijks door een Q-schip aangedaan.

Pia 2 werd om de vijf jaar door een schip — ja, één schip — aangedaan. In deze tijd van een minimum aan inspanning en een minimum aan weerstand had de planeet niets te bieden waarnaar zoveel vraag bestond dat een frequentere verbinding terecht zou zijn geweest. En Gildeleden gingen er niet vrijwillig heen, ze werden erheen gestuurd. En goeie mensen werden niet gestuurd, want dat zou zonde zijn. Het Gilde stuurde er zijn mislukkelingen en zijn onbruikbare mensen heen. Incompetent of onverbeterlijk, als je dat was dan ging je naar Pia 2. Vroeger, in een actievere tijd, zou je zijn ontslagen. Pia 2 was niet Van Diemens Land, of Guyana.

Maar er waren wel overeenkomsten.

Als je weg wilde, niet gewoon ver, heel ver weg, maar weg op zo'n manier dat wat je achterliet je niet achterna zou komen, niet zou kunnen achtervolgen, dan kon er nauwelijks (had Ran Lomar gedacht) een betere plek zijn dan Pia 2.

Hij droomde er al sinds zijn zestiende over. Maar nu, terwijl hij in het Ovaal zat, de combinatie van salon-bibliotheek-denkspelruimte en af en toe kerk aan boord van het Q-schip, schenen die dromen niet meer zo levendig te zijn, niet meer zo overtuigend. Hij probeerde geen aandacht te schenken aan het gemompel van een boordwerk-tuigkundige die geen dienst had en een tafeltje verder steeds maar zat te proberen (naar het scheen alleen om zichzelf een genoegen te doen) om een paar wiskundige series te perfectioneren die zich steeds maar niet lieten perfectioneren, probeerde geen aandacht te schenken aan het zware, klamme, bedompte van de gere-re-re-, oneindig vaak gerecyclede lucht en het bonk-bonk, als van een zere kies, van de oude motoren van het Q-schip... Sinds zijn zestiende droomde hij al, sinds de tijd... nee, niet sinds de tijd dat het onverdraaglijk was geworden op de saaie, starre, vrijwel versteende Aarde — hij had het er altijd onver-draaglijk gevonden — nee, sinds de tijd dat hij voor het eerst was gaan beseffen dat het misschien toch niet onmogelijk zou zijn om dat alles ver, ver achter zich te laten.

Ran had zo vroeg hij kon al werk op Pia 2 aangevraagd, toen hij een-entwintig was. Maar hij was te kort voor het vertrek van het volgende Q-schip meerderjarig geworden. Het schip zat vol, hadden de mensen op het plaatsingskantoor gezegd, met de bevreemde blik waaraan hij zo gewend zou raken. Het zat vol. Hij zou moeten wachten. En dus had hij gewacht, vijf jaar lang, vijf knagende, tergende, nagelbijtende jaren lang. Het kon hem niet schelen wat hij voor werk zou krijgen, de dag op Pia 2 was dertig uur lang, en de werkdag maar vijf. Het Station kon vaak lange vakanties geven, en er was — en hier ging het om, dit was de essentie — er was een heel leeg continent om vrij in te zijn!

Dat hem opeens een duidelijk omschreven opdracht werd meege-geven, en nog op het laatste ogenblik ook, kwam (zeiden ze heel plechtig) omdat hij al op de passagierslijst van de Q stond en er niet nóg een man kon worden gestuurd. Maar het was niet meer dan rede-lijk om ervan uit te gaan dat Ran Lomar de opdracht had gekregen, en een ander op de passagierslijst niet, omdat naar alle waarschijnlijkheid Ran Lomar de enige op de lijst was die ergens anders de zaken niet in het honderd had laten lopen. Het was een heel klein en indirect compli-mentje. Die kant van de zaak kon hem niets schelen, maar de opdracht was ongetwijfeld belangrijk, dat had hij in ieder geval begrepen uit de haastige en schaarse inlichtingen die hij gekregen had van de Assistent van de Schrijver van de Afgevaardigde van het Directoraat (o, wat waren ze op de Oude Aarde dol op titels, hoe langer hoe beter) van het Gilde van de Tweede Academie van Wetenschap en Handel. En misschien — waarschijnlijk — bijna zeker — werd daardoor alles anders. Hoe anders wist Ran niet. Dat wist niemand aan boord van de Q. En natuurlijk kon het niemand aan boord van de Q een jota schelen... Nee, het was geen mysterie waarom zijn hoofd zo'n pijn deed.

Tweede Stationsassistent Aquilas Arlan, op zoek naar Commercieel Assistent Reldon, vond hem ten slotte in de bar van de Strandclub. Niemand zou hebben verwacht dat hij in zijn kantoor aan het werk was, maar een vrijwel volledig onvermogen om de ideale toestand en de werkelijkheid van elkaar te onderscheiden was waarschijnlijk de reden van Arlans aanwezigheid op Pia 2.

Reldon hield op met het draaien aan zijn zorgvuldig met pommade ingevette lange rode snor en hief zijn glas op. "Dode rorks," zei hij.

"Heb je je gegevens al klaar?" vroeg Arlan, zorgelijk als altijd. "De Q komt eraan, weet je."

"Neem ook een borrel."

"Maar de Q..."

"Misschien komt hij te laat."

Een uitdrukking van verbazing, bijna van ontzetting en afschuw, verscheen op het gezicht van de Stationsassistent. "De Q komt nooit te laat. De Q? Te laat? Hoe kan hij nou te laat komen? Nee, o, nee, die komt niet te laat."

"Drink een borrel mee. Hier. Dode rorks."

Met een nerveus gegiechel pakte Arlan het glas aan, keek automatisch om zich heen of er wat van gezegd werd (het was vroeg, vroeg, vroeg), al gebeurde dat nooit, hief zijn glas op. "Eh... nou... je zorgt toch wel dat je je zaakjes klaar hebt, hè? O! Dode rorks." Giechel... giechel...

"Dode rorks. Jongen, breng glazen, vlug-vlug. Ah. Leeg. Neem maar mee. Dode rorks."

"Dode rorks."

"Dode rorks."

• • •

De Meester Flinders van Flinders Rots was boos. Hij was vaker wel boos dan niet, en dan stak elke stoppel op zijn gezicht naar buiten als pennen op een vogel. Dan durfde alleen zijn oude moeder hem 'Florus' te noemen. Maar nu was hij honger-boos. Zijn erfzoon zat stijf en bijna recht, zijn gasten zwegen, de wellepies hadden zich onder de tafel verstopt, en zijn vrouw sprak kort en ter zake — allebei heel ongebruikelijk voor haar.

"Waar in rot-Hel is eets?" schreeuwde hij.

"Is geen die lef genoeg heb om te zeggen," zei zijn vrouw, terwijl haar bleke onderlip een beetje trilde. "Maar ik heb het lef. Eets? Hier eets." Ze zette de kom zwaar op tafel. Hij kletterde. "Eets goed," voegde ze er met berustende bitterheid aan toe.

De Meester stak zijn vuist in de kom, haalde hem er weer uit, opende zijn vingers. De zware kogels vielen ratelend terug. Hij keek woest de tafel rond, vuil van de etensvlekken en het druipsel van de stinkende visolielampen.

"Kogels v'r ontbijt," mompelde de oude moeder. Ze had dit soort tonelen vaak genoeg meegemaakt, en de kom met kogels had ze zelf meer dan eens neergezet.

"Geen eets in kamp. Mot ik dan verhongeren, op mijn leeftijd... Florus...?" Toen hief ze haar hoofd op en klauwde een piek stoffig haar voor haar ogen weg. Haar mond ging open, tandeloos als die van een hagedis, en ze maakte een grimas en schudde haar kleine vuistjes heen en weer. "Is hullie mans?" riep ze schril. "Is hullie mans? Is hullie mans? Of is hullie wat ze hullie nennen in het Noorden? Tocks! Tocks! Geen mans, maar vuile Tocks!"

De Meester slikte bitter speeksel weg. "Vuil doet wat vuil is," gromde hij. "Gasten — me schaamte. Ik zal het rap vertrotsen." Hij draaide zich om naar zijn erfzoon. "Strip, wat veel kruit?"

"Niet veel," zei Strip.

"Niet veel, zegt's. Kogels? Alles in de kom?"

"Meest's."

Weer gromde en mompelde de Meester Flinders. "Is weer tijd voor naar Noorden, zie'k. Hoe haat ik dat. Tijd om roodvleugel te ruilen, met ons bloed eraan en het bloed van ons vaders en ons vaders. Ruilen tegen flinters ijzer en kruit. Tijd voor weer naar Gilde kruipen. De pukkers, de vuile rot-Hel pukkers." Hij sloeg met zijn vuist op tafel en kwam wankelend overeind. Haastig deed iedereen hetzelfde.

"Maar geeneen gaat Noorden met niks in z'n darre-me!" schreeuwde hij. "He'k niet lang genogt Nimmai's muk geslikt? Ha'k niet gewacht tot-ie scha betalen zou? Is het dan kogels v'r ontbijt v'r ons wijl hij vlees heb en vis en meel? Hee? Hee?"

Luid zei Strip: "Nee, Pa! Raid! Raid! Raid-raid!"

Voeten stampten, vuisten bonkten.

Flinders knikte, zijn wrok tegen de Meester Nimmai weer gloeiend van roodhete drift. "Die Meester denkt dat-ie veilig zit in Nimmai Kamp met ze ellef roer, en één d'rvan schiet niet!" Gelach, spottende kreten, gestamp, geschreeuw. "Heb Flinders Rots daggeen twintig roer?" Zijn gezicht roder, zijn stem heser. "Heb Flinders Rots daggeen twintig roer, zeggik? Heb —"

Hij zweeg en zijn stem kaatste van de muren terug en zijn ogen gleden de tafel langs. Een gast, zijn zware gezicht gevat in lang grijs haar, schraapte zijn keel. "Zevenentwintig, gastheer-Meester," zei hij met een rochel in zijn stem. Weer een schreeuw, meer gestamp.

De andere gast gooide zijn hoofd naar achteren. Het lawaai hield op. De Meester Flinders keek hem aan, meer gretig nu dan boos. "Crame die loopt niet as Haggar rent," zei hij, terwijl zijn grijze tong over zijn ruwe lippen gleed. "Hee, Crame? Zeg op."

De tweede gast zei: "Haggar rent waar Haggar wil. Flinders' scha is Flinders' perbleem. Ik is vriend en gast van je, maar je weet dat Nimmai is gezoogd aan me mamma's borst."

Flinders, minachtend, bleek van teleurstelling over het verlies van Crame's tien vuurroeren, maar toch nog wat voorzichtig, hoopvol: "Een zoogbroer!"

"Beter dan geen-broer, een zoogbroer!"

Flinders gaf een trap tegen de schraag. De tafel wankelde, maar viel niet. Hij liep naar de openstaande deur, keek uit over de zwartblok-daken van Flinders Kamp, stomend en rokend in de grijze motregen. Even verderop kalfde de grond af en werd de lange, grimmige afgrond die Flinders Rots zijn naam gaf en zijn voornaamste verdediging vormde. Strip kwam hem achternagelopen en bleef achter hem staan en zonder zich om te draaien zei de Meester: "Haal de roeren. En een pot vuur, maar nog geen lont en nog geen kruit. Misschien houden de regens op. Haggar! Mijn trots. Ik zal je niet schamen."

Crame nam formeel afscheid en ging heen. Flinders zwaaide met zijn hand. Op zijn smalle gezicht liepen honger, woede, sluwheid door elkaar heen. "Je komp nog wel, gast-Meester," zei hij. "As we Tocks wezen, wezen we Wilde Tocks. Zellefde bloed. En er is sneller vlees voor rorks te vreten dan vleugelstengel. Komp op!" schreeuwde hij en gebaarde naar Strip. "Raid!"

De Meester Crame en zijn mannen verlieten het kamp in stilte. Achter hen werd het gebrul een ritmisch schreeuwen.

"Raid! Raid! Raid-raid-raid!"

Het Q-schip landde en passagiers en bemanning vergaapten zich aan het nog nimmer aanschouwde toneel van mensen — lange rijen zwetende, vuile, haveloze mensen — die het schip uitlaadden in plaats van dat dat door machines werd gedaan. Vijf jaar voorraden werd aan land gebracht, en ontelbare bossen sterk-geurende, gemeen-stinkende roodvleugel werden ingeladen voor de tocht naar de distilleerderijen op Hercules, waar er een medisch fixeermiddel van zou worden gemaakt — het enige nuttige aan roodvleugel, de enige reden waarom er een Gildestation op Pia 2 was, en daarom voor de rest van de Honderd Werelden het enige, enige zinvolle aan Pia 2's bestaan.

Het Q-schip steeg niet lang erna weer op — omhoog, omhoog, omhoog, in een donderende massa lawaai en een versluierende mist met vele kleuren. Het lawaai scheen iedereen op de grond doof te maken. Ze liepen rond met vertrokken gezicht en konden niets horen van wat er tegen hen gezegd werd. Natuurlijk was dat niet veel. Natuurlijk lag het niet aan het lawaai. Niet alleen aan het lawaai van het opstijgen, het voor iedereen hoorbare geluid. Het was het andere lawaai dat in hun hoofd rondkaatste. Vijf jaar, vijf jaar. Vijf jaar. Vijf jaar. Vijf jaar — vijf jaar — vijf jaar.

En Edran Lomar, wiens bagage was neergezet in het muffe, duffe, oude U-boog gebouw dat van hem zou zijn, helemaal van hem, in de eerstkomende vijf jaar (tenzij hij bij iemand introk of iemand bij hem), ontdekte dat hij niet helemaal wist wat hij nu moest doen.

Tweede Assistent Arlan, die hem had 'geholpen' ("Is dat de nieuwe compact-eenheid? Je zult je toch zeker wel willen verkleden? Je wal-uniform aan? Je rang is maar drie, maar maak je geen zorgen, er komen vast wel lege plekken, dat gebeurt altijd, en er komt niemand van Buiten op af."), bleef opeens staan, knipperde met zijn ogen en werd heel wat menselijker.

"Ik ben ook een keer nieuw geweest hier," zei hij. "Laat dat melden maar tot morgen zitten. Ik kan het allemaal best aan omdat ik weet dat ik over vijf jaar aan boord ga van de Q en ons huis in de gepensio-neerdenkolonie op Coulter Kappa is maar twee stops verder. Maar een hoop anderen... Laat ook eigenlijk maar. Ga je mee naar mijn huis? Kennismaken met de familie. Ik weet niet wat de Tockies te eten heb-ben gemaakt voor vanavond, maar het is lekker en het is veel, dat is zeker. Zij zijn niet zo ondersteboven van Q-dag. Omdat ze nooit ner-gens heengaan. Eh?"

Deze kleine grijze zenuwpees van een man, Arlan — uiterlijk, gedrag, alles aan hem stonk naar de conventionele, rechttoe rechtaan types waarvan Lomar thuis maar al te genoeg had gekregen. Maar in ieder geval was de man redelijk en begrijpelijk, vormde hij een soort vlot waaraan hij zich even kon vastklampen voor hij op zijn eentje begon te zwemmen. Hij nam de uitnodiging aan.

"Mag ik je vragen, Ran," glimlachte de Tweede Assistent thuis met de formele informaliteit van zijn rang, "of je bekend bent met het Coulter-stelsel? Misschien wel, eh?"

"Holadiejee," zuchtte zijn vrouw, met een bestudeerd-geduldig ophalen van haar welgevulde schouders. "Daar komt de Tocky met het blad. Lekker. Pak een glas, jongen. Jij ook, Arlan. Laat ons eten en drinken en trouw aan de regels zijn, want over vijf jaar gaan wij met pensioen..." Zij en haar man begonnen tegen hem te praten, min of meer tegelijkertijd, en hij besteedde maar weinig aandacht aan hen en ving dus maar hier en daar een flard op van wat ze zeiden.

Hij: "... pensioenkolonie... Coulter Kappa... heerlijk klimaat... ons soort mensen... vrienden van de Academie, klasgenoten... net als vroeger..."

Zij: "... Oude Aarde... je gaat gewoon dood hier... verschrikkelijk en koloniaal, achtergebleven gebied... gruwelijk lange dagen... een meisje van het Station... en het duurt niet lang voor je haar niet meer kunt luchten of zien... jong genoeg om je te interesseren betekent dat ze hier is opgegroeid en niks weet... alle perken te buiten... Tocky-meisje... scheurt het hemd van je rug..."

Hij: "...goedkoop... speciale tarieven voor gepensioneerde Gildeleden... jachtreservaten... feestjes... hoop plezier... goeie ouwe tijd..."

Zij: "...elk boek over de planeet gelezen... wil een vlot bouwen en de Noordkou gaan verkennen... gebeurde niet... drinken en spelen... zou weleens willen weten wat jij hebt gedaan dat je hier beland bent... dragen vrouwen op de Grote Planeten vandaag de dag?... mode..."

De drank was niet slecht. ("Dode rorks," zei Arlans vrouw opgewekt toen ze haar glas hief.) Het eten was niet slecht. In zijn hoofd was Ran al plannen aan het maken. Zo vlug mogelijk op verkenningstocht gaan. Zien waar de zilt-ruikende wind vandaan kwam. Lag het Gildestation niet in de buurt van de Noordelijke Zee? Ver, ver weg van al deze kwezelstemmen, deze opdringerige lijven... Er was ook een kind van de Arlans bij, een niet al te mooi, stil meisje, dat niets zei. Het huis was een kopie van iets van dertig jaar geleden. Hij hield een poosje op met kijken, met luisteren. Toen zijn geest weer dingen in zich op begon te nemen, was het gesprek op een ander, wat interessanter onderwerp gekomen.

Zij: "Onze Tocks zijn natuurlijk goed gedrild, maar de rest... Maar je zult natuurlijk nog wel in Tockystad komen, dan zie je het zelf. Vuil, vies, im-mo-reel, en o! wat zijn ze lui!"

Hij (gemakkelijk, kritiekloos): "Nou, Linny, val ze niet zo hard aan, ze zijn op hun manier gelukkig. Ik verwijt ze niets. Geen verantwoordelijkheden. Umm... je vindt het toch niet erg als ik Ran die ouwe grap vertel?"

Giechel. "Weet je wat een welopgevoede Tock is? Dat is een Tock die alleen maar in één hoek van zijn huisie pist. 'Huisie', zo noemen ze hun hutten, natuurlijk."

Lomar knikte. Elders op de Honderd Werelden had je soortgelijke groepen. De Twee Stammen op Burnside Beta. En, ver weg in de Halfcirkel, de Roodharige Mensen van Hercules, de Chickers van Nieuw Australië (het beheersen van Chicker Zang, en dat nogal opzichtig laten merken, was karakteristiek voor de bereisde ruimte-Roel) en de Arme Groenen van Humboldt Zes.

"De Tocks," zei hij. "Tockies. Inheems? Ergens anders vandaan gevlucht? Er staat niets over in de oude boeken. En er zijn hier nauwelijks nieuwe boeken. Tenzij je Kapitein Conybear meetelt." Hij lachte, en Linny Arlan lachte met hem mee. Kapitein Conybear, de Münchhausen van de Derde Ruimtetijd.

"O, ja, Kapitein Conybear," zei ze waarderend. "Hoe Ik Mij De Wilde Tocks Van Het Lijf Hield, Hoe Ik De Ongewapende Mensenetende Rork Doodde, Hoe Ik De Heremiet Van Holle Rots Ontmoette."

De Tweede Assistent, die blijkbaar niet zo veel waardering had voor de zeer tegen alle voorschriften zondigende Kapitein Conybear, maakte een geluid dat instemming, afkeuring, een lach of een grom kon beduiden.

"Je zou ze inheems kunnen noemen, al zijn ze zo niet begonnen. Vluchtelingen, hmmm, min of meer. O, je bent nog niet in de gelegenheid geweest om de Algemene Mededelingen door te nemen, zeker? Officieren, Manschappen en Autochtonen. Dat zijn ze. Autochtonen, Tocks, Tockies. Het zijn de afstammelingen van de eerste kolonisten, voor, o, lang voor de Eerste Oorlog. Weet je niet wat er toen gebeurd is? De Oorlog duurde zestig jaar. Dat weet je wel. En veertig jaar lang is geen schip hier geland. Niet één schip. Ze moesten het alleen zien te rooien. En dat deden ze niet. Nee, ze hebben het niet gered...Want zelfs na dat ene schip duurde het weer een tijd, een vervloekt lange tijd, voor er een tweede schip kwam. En zelfs daarna duurde het nog een hele tijd voor de schepen regelmatig begonnen te komen, en het Gildestation weer bemand werd."

Ze moesten het alleen zien te rooien. En dat was niet gelukt.

In de dagen van de eerste nederzetting waren er vaak schepen gekomen. Niemand had eraan gedacht dat Pia 2 zichzelf weleens zou moeten kunnen bedruipen. En toen kwamen ze opeens niet meer. Sinds die dagen waren er nog twee oorlogen geweest en alle verbindingen hadden er de invloed van ondervonden. De kolonisten (die zich nooit als zodanig hadden gezien, net als het huidige personeel van het Gilde, zonder enige uitzondering van buiten de planeet afkomstig, zich niet als kolonisten zag) hadden de grootst mogelijke moeite moeten doen om zich te handhaven. Het was erop of eronder geweest, in leven blijven, hoe dan ook, of sterven. Velen waren gestorven. Kennis, beschaving, maatschappelijke structuur, wetenschap en het huwelijk, dat alles was bezweken en verdwenen. De huidige Tocks hadden geen man of vrouw of achternaam meer. Hadden vrijwel niets meer, zo te horen.

"Geen wonder dat ze wild zijn," zei Lomar. "Ik dacht dat Kapitein Conybear dat allemaal uit zijn duim gezogen had."

"Wat? Nee, wat je hier ziet zijn allemaal Tamme Tocks. De andere dat zijn de Wilde, die leven aan de zuidkant van het continent. Maar je zult ze nog wel zien, als ze komen handelen. Wat mij betreft mogen ze wegblijven. Hoe minder ik ze zie, hoe liever het me is. Kwalijke figuren. Maar ze moorden elkaar uit, en als ze geen roodvleugel brachten, zou ik zeggen hoe eerder ze dat lukt, hoe beter," giechelde hij. Hij begon wat onsamenhangender te praten. "Lang zal het niet meer duren, maar mijn tijd duurt het nog wel, en dat is het enige waar ik wat om geef. Elk jaar komt er minder roodvleugel binnen. Medisch fixeermiddel, daar gebruiken ze het voor, wist je dat, daar gebruiken ze het voor, dus hebben de mensen Buiten minder medicijnen nodig of hebben ze een synthetisch vervangingsmiddel ontwikkeld of iets anders gevonden? Maar mijn tijd duurt het nog wel uit, daar op de wildbaan op Coulter Kappa ben ik veilig en gelukkig en laat de Wilde Tocks mekaar dan maar afmaken met hun zelfgebouwde proppenschieters…"

Giechel.

De afname van de geoogste hoeveelheid roodvleugel was van vrij recente datum. Tot het laatste decennium was die hoeveelheid elk jaar vrijwel constant gebleven. Het was de schuld van de Tocks, die eropuit trokken en de planten verzamelden. De Wilde Tocks, die hun oogst ruilden voor schroot en zwavel, maakten er primitieve wapens en nog primitiever kruit van. De Tamme Tocks waren daar niet geïnteresseerd in, waren het ook nooit geweest. (Nee, Arlan wist niet waarom ze in twee groepen waren gesplitst.) Eten en drinken was het enige waar die om gaven. En, natuurlijk, giechel, seks. Maar daarvoor hoefden ze geen roodvleugel in te leveren. Volgens de voorschriften mocht het Station ze geen drank geven. Maar ze konden wel roodvleugel ruilen tegen het materiaal om drank te maken. Tockyrot heette het spul. Gore troep…

Maar zo waren ze nu eenmaal. Geef ze een volle maag en een volle drankzak en (heh heh hie) nog iets anders vol en ze waren tevreden.

Lui? Het was ongelooflijk hoe lui ze waren. Ze verdomden het om te werken, behalve als ze werkelijk moesten. Ze lagen veel liever in de zon. Of vochten altijd maar vetes uit…dat deden de Wilde Tocks. Hoeveel Tocks er waren? Niemand telde ze. Er schenen er minder te zijn dan vroeger, ja.

Na verloop van tijd werd het gesprek minder vlot, stokte. Arlans dochter was de kamer uitgegaan, Arlans vrouw was in slaap gevallen, zomaar. De Tweede Assistent schraapte zijn keel. "Het is nog vroeg," zei hij. "Ik denk dat het wel zo goed is om een beleefdheidsbezoekje te brengen aan de Residentie." Hij had duidelijk in de geest de Voorschriften doorgebladerd en was tot een besluit gekomen.

Lomar voelde zich door dit vooruitzicht bepaald niet aangesproken. "Eh…vind je…morgen niet beter?"

"O nee, zeg. Kom mee. Geen formeel melden, gewoon, een bezoekje. Deze lustrums, heh heh hie, nou, die bezorgen de Ouwe wel problemen, hoor. Hij heeft het er moeilijk mee, dus is-ie blij om ons te zien. Kom maar mee."

Bedienden sprongen in de houding, bogen, salueerden, sloegen op gongs, renden voor hen uit. De Residentie was koel, piekfijn onderhouden, alleen volgestouwd met meubels en schilderijen en kabinetten vol bric-à-brac. Ten slotte kwamen ze een vertrek binnen met een verborgen verlichting. Een bediende stond met een uniform in zijn handen, en de man die het net had uitgetrokken stond naast hem. Eén ogenblik behield de gestalte van de man de zorgvuldig gemodelleerde contouren van de formaliteit. Toen scheen hij in elkaar te zakken, te smelten, zijn toevlucht te vinden in de snel aangereikte, snel aangetrokken brokaten kamerjas, en zonk weg in een gemakkelijke fauteuil.

"Aquilas! En een nieuw iemand!" De stem was rijk en mild, gretig, maar met een ondertoon van gemelijkheid en zelfmedelijden. "O, die afschuwelijke Q-dagen! De spanning…de spanning…" De man kneep zijn ogen dicht en fronste even zijn voorhoofd. Toen week zijn vrij volle, vrij slappe mond in een glimlach uiteen. "Wie is de man die je hebt meegebracht om mijn zwakke zenuwen te kalmeren? Een drankie. We moeten allemaal een drankie hebben. Jongen, breng drank, vlug-vlug." De kamerjas was wat omlaag gezakt, zodat zijn zware, harige borst zichtbaar werd. Drie Tock-kamerjongens, goed doorvoed en op een grove manier knap, keken uit hun ooghoeken naar Lomar, wendden toen haastig hun blik af en gingen achter de rijk voorziene bar aan het werk.

De Tweede Stationsassistent was weer helemaal stijf en formeel. "Mijnheer, ik heb de eer aan u voor te stellen de heer Edran Lomar, pas gearriveerd, rang drie. Hij heeft zich nog niet officieel gemeld. Drie Lomar, dit is Zijne Eerbied Tan Carlo Harb, Bevelvoerend Officier van dit Station."

Tan Carlo Harb schoof van genoegen heen en weer in zijn stoel. "Nog niet officieel gemeld! Dan kunnen we het voor het ogenblik wel zonder formaliteiten stellen. Mooi zo. Mijn beste brave jongen! Laat me je de handen drukken. Een nieuw gezicht. Je hebt er geen idee van. Hoor toe! Was dat daar het kanon ter zonsondergang?" Hij giechelde, bediende zich van een blad met glazen, gebaarde zijn gasten met een vinger dat ze zijn voorbeeld moesten volgen. "Vergeef mij de klassieke toespeling. Ik weet dat de klassieken vandaag de dag niet erg populair zijn...'Vandaag de dag', wat weten we hier eigenlijk af van 'Vandaag de dag', geïsoleerd aan de uiterste rand van het rijk, terwijl de staf van ons ambt bijna uit onze krachteloze, bevende hand valt? Metaforisch gesproken, natuurlijk. Ik hoop dat je je drankie lekker vindt, nieuw gezicht. Mijn jongens maken goeie drankies. Onbetrouwbaar stel loeders, die Tocks, je moet ze elk ogenblik van de dag in de gaten houden; hoewel, de trouw van mijn eigen jongens is buiten kijf, en dat mag verdomme ook wel, na alles wat ik voor ze gedaan heb."

Zijn grote, olijfkleurige ogen gleden langs Lomar op en neer, en namen diens hele gestalte in zich op, van het onmodieus kort geknipte bruine haar en de zware wenkbrauwen, de kritische mond en het ontevreden uiterlijk van de kin via de lange ledematen tot de bijna uitdagend onofficiële schoenen. "Omdat je nog niet hier bent, officieel dan," zei de Bevelvoerend Officier, "kunnen we het gelul voor later bewaren. Vergeef me mijn woordkeus; later zul je wel moeten. Wat doet een fatsoenlijke, alert-uitziende jongen zoals jij in deze tyfus-negorij hier?"

Lomar glimlachte, een glimlach die vanzelf kwam, en waaraan hij zich niet ergerde. Niemand had het hem gevraagd, maar niettemin zei hij bij zichzelf dat hij Tan Carlo Harb eigenlijk wel mocht. Vooruit dan maar, in de openbaarheid ermee. "In de officiële documenten die ik u morgen zal overhandigen als ik mij officieel kom melden, zult u een aantekening vinden dat mijn officiële rang drie is, maar dat ik in opdracht van Hunne Sereniteiten van het Gilde-Directoraat hier tijdelijk functioneer met een rang van zeven. Mijn opdracht is een onderzoek instellen naar het teruglopen van de roodvleugeloogst en het nemen van alle maatregelen die ik noodzakelijk en toelaatbaar acht om die oogst te vergroten."

Hij voelde, al zag hij het niet, hoe de Tweede Assistent naast hem verstarde van ontsteltenis. Hij zag het volle, volle gezicht van de BO langer worden, in ieder geval van verbazing en misschien ook van schrik. De olijvenogen waren groot, uitdrukkingsloos. Plompe, harige vingers kropen om het glas, hieven het op. Automatisch of niet sprak Tan Carlo Harb de traditionele toost uit.

"Dode rorks," fluisterde hij. "Dode rorks…"

HOOFDSTUK 2

ROODVLEUGEL: (ook Muskusappel, Muskusdraak,
Rorkvreten en Roodkruid genoemd.)
De stengel, die niet wordt geoogst, schijnt —

Lomar gooide het versleten exemplaar van Harrels Commerciële Farmacopee van de Buitenwerelden terug op tafel. Het was de vijfendertigste herziene uitgave van de twintigste druk en in theorie al verouderd, maar in de bijgewerkte editie, die hij op de Oude Aarde had opgeslagen had precies hetzelfde gestaan. Het was wel duidelijk dat het Gilde van de Tweede Academie van Wetenschap, Handel en Kunst nog geen vervangingsmiddel of synthetische versie gevonden had; het was wel duidelijk dat er nog steeds dringend behoefte bestond aan het derivaat, als iets tenminste dringend kon zijn in deze vermoeide tijd van Kalmpjes Aan Dan Breekt Het Lijntje Niet en Als Je Het Niet Ziet Is Het Er Ook Niet, want anders hadden ze hem niet tijdelijk tot zeven bevorderd en had hij niet opdracht gekregen om voor een grotere productie te zorgen.

Niet alleen vrat het feit dat hij vijf lange jaren had aan elk gevoel van haast of drang dat hij had kunnen hebben, of het feit dat Pia 2 dertig uur nodig had om één keer om zijn eigen as te draaien en de siësta dus een fysieke, niet gewoon een culturele noodzaak was, nee, de hele sfeer die er heerste was fataal voor snelheid en efficiënt werk. Hij bleef steeds maar tegen zichzelf zeggen dat er een voor het grootste deel leeg continent was ter grootte van Nieuw-Zeeland en dat dat op hem lag te wachten, op zijn onderzoekende ogen. Maar hij was er nog steeds niet heengegaan.

Hier op zijn eigen bed bleek hij al evenmin in staat om zich te concentreren als achter het ouderwetse bureau in zijn kantoor. Allerlei eigenaardige dingen bleven hem door het hoofd spelen. Officieren, Manschappen en Autochtonen, bijvoorbeeld. Waarschijnlijk stond de eerste groep hoger dan gewone mensen en de derde groep lager. En hoelang was het geleden dat er meer dan één 'Officier' geweest was op Pia 2? En wat voor een officier! Niet dat Ran Lomar daarom veel minder sympathie had voor Tan Carlo Harb. Het was gemakkelijk genoeg om zijn onuitgesproken uitnodiging te vermijden. Was de BO hier op Pia 2 gestationeerd — was hij hierheen verbannen — om reden van deze eigenaardigheid? Of was zijn aard onderhuids gebleven en pas na aankomst hier aan de oppervlakte gekomen; of was het oppervlak weggesleten als verf onder druk van de elementen in het isolement waaruit het leven hier bestond?

Wat het ook was, de Ouwe had zich aangepast, had het naar zijn zin, ging niet op zijn strepen staan om veroveringen te maken. Lomar had veel ergere BO's gekend. Officieren, Manschappen en Autochtonen. Een stomme frase, typisch kul uit de pen van een idiote bureaucraat, hier verstard, net als zo veel andere dingen. Tocks. Tockies. Een beledigende term, vooral als hij werd gebruikt om een onderscheid aan te brengen met Mensen — en toch werd hij door de groep zelf aanvaard. Het wijfje dat zijn U voor hem schoonhield, bijvoorbeeld — "His twee Tocks en een man voor u," dat had ze die ochtend gezegd. Het was de oude 'Cap' Conders geweest, die hem was komen laten zien hoe een verse partij roodvleugel begon aan zijn trage tocht door de droogschuren waarover hij de baas was. Grote Tock en Kleintje, zo heetten ze, hadden ze gezegd. Toen hij naar hun echte namen vroeg, leverde dat alleen maar verbaasde blikken en rotte-tanden-gegrijns op.

Roodvleugel. Het blad leek inderdaad wat op een vleugel. Het was even lang en breed als zijn rug, met een lange, sappige stengel, die er ter plekke door Grote Tock met zijn kapmes werd afgehakt. Het blad was nog steeds felrood, ergens tussen scharlaken- en karmozijnrood in. "Ik heb ze een mooi blad laten meebrengen, nog vers, zodat je het goed kon zien, ja," zei de oude man. "Laat de zaak aan hen over en ze laten het liggen tot het verschrompelt en bruin begint te worden, ja. Zo, Broeder Ran. Dat is het enige waarvoor we hier zijn, ja. Daarvoor, en om deze arme sloebers te beschermen tegen de rorks. Als wij er niet waren zouden de rorks dit oord al gauw onder de voet lopen en het met de grond gelijk maken, ja. O, goeiedag! Ik heb er wat geschoten in mijn leven, nietwaar, jij daar, Grote Tock?"

En Grote Tock keek op van zijn grijze tenen die friemelden in het stof en zei: "O, haaj, Meest Cap, o haaj."

"Waarom, Cap?" protesteerde Lomar. "Waarom zou je ze neerschieten? Ze zijn toch onschuldig, behalve wanneer jij ze eerst aanvalt?"

Er lag alleen maar oprechtheid in de bloeddoorlopen ogen. "Je komt er nog wel achter dat de zaak anders ligt," zei de oude man. "Je bent niet de eerste die hier kwam en alles geloofde wat hij gelezen had in een boek dat driehonderd jaar geleden is geschreven, ja. Vraag het maar aan die jongens — die weten het — zij zullen het je wel vertellen. Vertel hem maar over de rorks, Grote Tock. Vooruit."

Grote Tock hield op met krabben aan een oksel, waar de huid iets witter was dan het vuil eromheen. Hij huiverde, spuwde drie keer, doopte zijn grote teen in de natte kraters. "O, haaj," zei hij, zachter dan daarvoor. "We zulden alles dood zijn, alles, als mense os niet bescherremt tegen de spinnen —"

"'Spinnen'?"

"Dat is hun naam voor de rorks. Vooruit, Grote Tock, vertel hem over toen je een jongen was —"

"Haaj, Meest Cap. Toen ik jongen, waaj leven in huisie te fer van Tockeystad. Me mamma's vent gaat heelnen ("Heelnen?" "Lenen, bedoelt-ie") — gaat vuurj heelnen, ommedat dinges, ommedat eh vuurj uitgaait in huisie, dasso. Hij mot tever gaajn. Mij moe'r heb'n twee-drie kleinkindjies. Inne nachttijd we moeten aslaap vallen. Omdat me mamma's vent terrug mettet vier — een kellijn kindjie kunnen we nie vinden meer. Omdat alle gilkinderes die huiwelen ok. En we weet nie wattet gilkinder is en wattet echte kindjie..."

Grote Tock vertelde zijn verhaal voorlopig nuchter genoeg, maar Lomars gezicht vertrok toch. Opeens kon hij zich het dilemma van de Tocks voorstellen. Hoe kon je eigenlijk een huilend kind, een baby, vinden, als bomen en struiken en gras vol zaten met de kleine insectenetende wezens die een geluid maakten dat met geen mogelijkheid te onderscheiden was van dat van een huilend kind?

"Omt echt kelijn kindjie dat heb net loopgeleerd. Inne nachttijd toen waaj slapen lagen moet hij uitte huisie zijn geloopt. En waaj kijkt en waaj kijkt en waaj schreeuwt. Ennan hoor wij...Ukh!"

Zijn gezicht verstarde in een masker van angst. Kleintje rilde. Conders keek naar Lomar, die vroeg: "Wat hoorden jullie?"

"Hoorden spin. Te dichiebij. Dee: 'Rork! Rork!' En waaj weten dattet spin weest want hoort 'm rorken. Enne waaj teruggerend na huisie en dag drop kaaiken waaj nog's en waaj zien beetie bloejd hier en beetie bloejd da. Maa' liefie klein kindjie vinne we niet meer. Spin meegeroofd voor eets 'm. Haaj."

Een ogenblik bleef het stil. Lomar voelde dat het kippenvel hem aan alle kanten uitbrak. Wat hij net gehoord had klonk niet als het eerste het beste sprookje. Conders zei, even onverschillig of ze het net over het menu voor die ochtend hadden gehad, of alsof ze met zijn tweeën waren: "Typisch iets voor Tocks. Gewoon weglopen en een kind op laten vreten door de rorks. Vuile, laffe, pisarme, waardeloze lui, dat zijn ze, en anders niet. Maar de meisjes, ja de meisjes..."

Hij grinnikte dubbelzinnig. "Ik denk dat je het zo meteen wel es probeert met een van die Tocky-meisjes. Heet, dat zijn ze zeker. Alle jonge mannen hebben ze, ja. Ze duiken het hooi in voor geld, knikkers, krijt of gewoon voor de lol. O, ik weet het heel goed. Goeie morgen! Ik moet met honderden het hooi in gedoken zijn. En ik ben nog niet helemaal versleten ook." Zijn roodachtige ogen rolden naar Lomar alsof hij hem wilde uitdagen; zijn gebarsten lippen spleten zich in een geil lachje.

Lomar vond het niet zo'n aantrekkelijke gedachte om het hooi in te duiken met een vrouwelijk equivalent van Kleintje of Grote Tock. Natuurlijk was het in zekere zin academisch interessant, deze gedachte, moest zij niet meteen en voor altijd worden afgewezen. Liefde — als het goede liefde was — doordesemde je hele bestaan. Maar eeuwigdurend was zulke liefde nooit.

Met tegenzin, nu, op zijn bed in de kamer in de U (meer dan genoeg ruimte hier, het Station was opgezet in volkrijker tijden) hield hij zich bezig met andere, plaatselijke en vlugger de aandacht vragende dingen.

Zijn geest hield zich nu weer bezig met de opmerking van TA Arlan over het vinden van een vervangingsmiddel of een synthetische vorm van het roodvleugelderivaat, die eigenaardige substantie die in staat was om vluchtiger medische stoffen met elkaar verbonden te houden, zodat ze zich niet verstrooiden, de ether van het universum in. Het was niet een erg realistische opmerking geweest. Arlan had het gewoon gezegd om iets te zeggen te hebben.

Wanneer werden er vandaag de dag nog ontdekkingen gedaan? Nooit…of vrijwel nooit. Niemand deed iets nieuws, niemand probeerde ooit iets. Niemand ging ooit te hard, zodat het lijntje brak, niemand zocht ooit de moeilijkheden op. Iedereen hield zich net staande omdat niemand iets los durfde te laten. Als ze losalieten zou het ze waarschijnlijk minder tijd kosten dan het de Tamme Tocks gekost had voor die waren geworden wat de Tamme Tocks nu waren.

De Tamme Tocks…hier voor altijd geïsoleerd op hun smalle strook land bovenaan het continent. Lusteloos trokken ze door de uitlopers van Noord-Tockland, trokken daar roodvleugel uit de grond, sleepten het in bossen terug naar hun stinkende hutten, hakten daar de stengels af en leverden de bladeren in in ruil voor Gildefiches waarmee ze de afgedankte kleren en het grovere voedsel konden kopen dat de Stationswinkel te koop aanbood. Ze krabden wat in de aarde en verbouwden hier en daar wat verpieterde gewassen. En ze fungeerden als het goedkoopste soort goedkope arbeidskrachten voor het Station en de mensen die er werkten. Mengden hun potten tockyrot en konden maar nauwelijks wachten tot het spul helemaal gefermenteerd was voor ze het naar binnen slokten. Grote slemppartijen, gevechten, woeste orgieën. En dan sliepen ze dagen achtereen in hun huisie om weer bij te komen. Hoereren. Suffen in de zon. "Haaj. Ziek. Haaj. Kank niet werreke kom. Ziek."

Zijn taak leek ten ondergang gedoemd, nog voor hij eraan kon beginnen.

Staande op de vlakke stukken geelgras achter de fermenteerschuren, de zware, ranzige, muffe lucht nu en dan weggeblazen door de verlokkelijke zout-zeewind, had hij zijn eerste poging gedaan.

"Luister eens…Waarom brengen jullie geen grotere bossen vleugel, jullie daar, Tocks?"

"Kank niet derrage, Meest Ran. Te zwaar."

"Ja, maar hoor nu eens. Je ziet een stuk land met roodvleugel. Je trekt het met wortel en al uit de grond en bindt het op. Dan sleep je het hierheen. Dan hak je de wortels eraf, en de stengels. En dan verkoop je het blad. Maar begrijpen jullie het dan niet? Als je meteen na het trekken van de plant de wortels en de stengels afhakt dan kun je bundels maken die niks zwaarder zijn, maar die veel meer opleveren, want het zouden alleen maar bladeren zijn."

Nietszeggende blikken. Handen die aan vuile lijven krabden.

"Begrijpen jullie me nou? De helft van je werk, misschien wel meer, is het meeslepen van de wortels en de stengels, het stuk van de plant dat wij niet kunnen gebruiken. Waarom zou je al die moeite doen? Als jullie het op mijn manier doen dan versleep je alleen spul dat je voor honderd procent kunt verkopen. Je hoeft er geen spat werk méér voor te doen, maar je kunt meer geld binnenhalen... Begrijpen jullie wat ik bedoel?"

Ze begrepen het niet. Zo werden de dingen gedaan en anders niet. Zo, en anders niet. Nee, anders niet. Je deed de dingen op de manier waarop je ze deed. Je deed de dingen niet op de manier waarop je ze niet deed. En dat was dat wat de Tocks betrof. Maar...

Maar had je de Tocks eigenlijk wel nodig?

De Commerciële Assistent zat in zijn kantoor en keek strak naar een fles die exact in het midden van de tafel was gezet. De ochtend was nog maar half voorbij. Hij had een uur voor zijn spiegel doorgebracht en zijn rode snor in ingewikkelde krullen gedraaid met het dikke, kleverige spul dat 'Chickertuf' werd genoemd. Hij keek langzaam op van zijn fles toen Lomar binnenkwam. Een brede en vrij schuw charmante glimlach begon zich langzaam over zijn lange, bleke gezicht te verspreiden.

"Reldon! Ik—"

"Kijk nu eens wat de dobbelduivels me als cadeau bezorgd hebben!" zei Reldon. "Drink een borrel mee." Hij drukte zijn handpalmen vlak tegen het tafelblad, maar Lomar gebaarde dat hij kon blijven zitten.

"Reldon, ik ben hier gekomen om je te zeggen—"

"Dat zeg je dan maar boven een borrel. Dan klinkt het veel beter, geloof me nou maar."

Een enkele 3D-foto hing scheef aan de lichtbruine muur. Jonge mannen in uniform. Reldons klas aan de Academie. De foto was bedekt met een laagje stof. Verder was er in de kamer niets te bespeuren van de gebruikelijke rommel: familieportretjes, mooie landschapsfoto's, souvenirs, beeldbanden, beeldbandviewers. Alleen die ene fles op het bureau.

"Bedankt, bedankt, het is mij te vroeg voor een borrel, en bovendien is me net iets ingevallen dat misschien het antwoord is op —"

Reldons glimlach vervaagde, trilde. "Voor mij is het niet te vroeg voor een borrel. Niet als ik een goeie reden heb om te drinken. Het is wel te vroeg om alleen te zitten drinken. Daar moet ik mee uitkijken. Maar o, een borrel met zijn tweeën kan toch zeker geen kwaad? Nee toch? Tuurlijk niet. Nee toch?" Zijn bleke handen met hun opstaande blauwe aderen trilden onder het praten. Op Lomars gezicht verscheen een uitdrukking van onwillige instemming en Reldon sprong op en rukte een lade in de muur met URGENT erop open, zó wild dat de glazen erin tegen elkaar kletterden.

"Dode rorks," zei Reldon opgewekt. Hij schonk zijn glas voor de tweede keer vol, keek vragend met ogen en wenkbrauwen naar Lomar, haalde zijn schouders op bij diens weigering. Nam nog een slok. "Dode rorks..."

"Wat heeft iedereen toch met die rorks?" Lomar nam voorzichtig een slokje. Wat er in het glas zat was niet gemixt met iets lichters, was straf.

Reldons gezicht werd een grimas.

"Je hebt er nooit een gezien?"

"Jij dan wel?"

Reldon knikte boven zijn glas, maakte zijn mond ervan los. "Ja. Afschuwelijke dingen. Drink op. Nog eens inschenken?"

Maar Lomar wilde niet meer. "Nee, ik wil je vertellen over mijn idee." De woorden tuimelden uit zijn mond. Tocks...zonde van het werk...zonde van de tijd...onmogelijk om ze ook maar de kleinste veranderingen aan te praten...

"Maar hoor nou eens. Hebben we de Tocks wel nodig? Hebben we ze werkelijk nodig?"

Reldon kneep zijn ogen dicht. Denken, iets waaraan hij niet meer gewend was, was een moeizaam en pijnlijk proces. "Maar wie in de hele Hel haalt dan dat stinkende muskuskruid binnen?"

Met zijn ogen glanzend, zijn mond gretig, legde Lomar zijn handen op de schouders van de ander. "Verbouw het!" Daar. Het was eruit. "Plant het en verbouw het! Dat is al eens eerder gedaan, wist je dat? Alleen maar bij wijze van experiment, maar het is gedaan. Het staat in de oude boeken. Voor de Eerste Oorlog uitbrak zijn meer dan vijf-honderd hectare beplant met roodvleugel. Wist je dat?"

"Mmm. Nee. Wist het niet. Drink je glas —"

Maar Lomar wilde dat de ander ook door het vuur van zijn enthou-siasme zou worden aangestoken. Begreep hij het dan niet? Begreep Reldon het dan niet? Het Gilde wilde dat de roodvleugeloogst werd vergroot, en dit was dé manier om het te doen. Zeker, er waren geen landbouwwerktuigen voorradig. Maar die konden worden gemaakt!

"Gemaakt?"

Misschien had Reldon het werkwoord 'maken' nog nooit gehoord.

"Hoe bedoel je, 'gemaakt'?"

"Geïmproviseerd. Het kan worden geïmproviseerd. De zwevers, bijvoorb —"

Zwevers. De vage emotie die was doorgegaan voor belangstel-ling gleed nu helemaal uit het gezicht van de man tegenover Lomar. Zwevers. Die vielen niet onder hem. Daarvoor moest Lomar naar de Technisch Assistent. Stijve Manton, de man met het idiote idee dat hij altijd gevaar liep om de Q in gelokt te worden en dan vermoord of gekidnapt of zoiets… Die moest je hebben. Zwevers — nee, daar had Reldon niks mee te maken.

"Heb jij daar niks mee te maken? Wel verdomme! Jij bent de Commerciële Assistent. Is er hier verder nog handel, behalve dan in roodvleugel? Het Directoraat heeft orders gegeven dat de productie van roodvleugel moet worden opgevoerd. En —"

Reldons lange bleke vingers — die nu nog maar een heel klein beetje beefden: drie borrels hadden zijn equilibrium goed gedaan — streel-den de ingewikkelde krullen van zijn snor. Hij scheen vertrouwen te ontlenen aan de stijve contouren.

"Hmmm, je moet één ding begrijpen, mijn jongen. Het Gilde. Het Directoraat. Wat ze hebben bevolen. Mmm. Eh, ja. Maar je vergeet iets. Die bevelen zijn aan jou gericht. Niet aan mij. Mij kunnen ze niks schelen. Dat hoeft ook niet. Het enige wat ik heb te doen is de gegevens bijhouden. En dat doe ik. O, ik raak achter. Ver, heel ver achter raak ik. Maar ik heb alles weer bijgewerkt als de Q er is. Jij bent enthousiast. Da's niet gebruikelijk. Zeer zeker niet gebruikelijk. Vandaag de dag zijn de mensen niet enthousiast. Vroeger wel. Wat leverde het ons op? Drie galactische oorlogen. Ik ben tien, twaalf jaar ouder dan jij. En de enige dingen die mij ooit een heel klein ietsiepietsie enthousiast maken zijn dit —" hij raakte de fles aan "— en soms —" hij raakte zijn gulp aan "— dit. Maar meestal alleen maar dit. Er is niks hier of er is niks daar en er is nergens iets wat genoeg de moeite waard is om je er druk over te maken. En dus…mmm…en dus…" Hij keek Lomar uitdrukkingsloos aan, knipperde met zijn ogen. Streek met zijn tong langs zijn lippen. Bewoog zijn handen. Toen viel hem een gedachte in, misschien niet de gedachte die hem zojuist ontgaan was, maar niettemin welkom.

"Drink je glas leeg. Hee? Nog een? Dode rorks!"

De lange schuur waarin de twintig zwevers van het Station stonden had genoeg ruimte voor honderd keer zo veel. Het was duidelijk dat zelfs de machines die er waren nauwelijks werden gebruikt. Waarvoor? Voor inspectie? Verkenningen? Wie vond een van de twee de moeite waard? Tien machines, in beschermend materiaal gehuld, stonden op rekken. Nog eens vijf werden uit elkaar gehaald toen Lomar, nors en geërgerd, binnenstapte.

De Tock-monteurs wreven ze traag schoon onder de koude, starre blik van de Technisch Assistent in het gesteven, pantserstijve uniform dat hem zijn bijnaam bezorgd had. Nog eens vijf zwevers stonden, glimmend en brandschoon, klaar voor gebruik. Een van deze scheen de zoete, kruidige geur uit te wasemen van de odeur die de Bevelvoerend Officier op zijn doorvoede, verzorgde lichaam sprenkelde. En inderdaad, zijn vaantje hing aan de staartvleugel.

Het vertrek van de Q scheen Mantons obsessieve gedachten een enigszins andere wending te hebben gegeven. Hij liep niet meer in het rond (of, wat even vaak het geval was, stond) terwijl hij dingen mompelde als:

"Eerst is het: een borreltje?…Dan: kom toch aan boord en kijk 's rond…en dan…neee, neeee." Hij draaide zelfs zijn hoofd om toen Lomar binnenkwam, al was het maar een heel geringe beweging. Een

paar maanden nog, dan zou hij ontspannen genoeg zijn om te glimlachen. Maar pas als er ook geen theoretische mogelijkheid meer was
dat het Q-schip terug zou keren begon Manton zich veilig te voelen.
Dag na dag en maand na maand werd hij minder geobsedeerd. Tot de
wijzers van de klok weer voorbij de tweeënhalf jaar waren gedraaid. En
dan, maand na maand en dag na dag zonk hij weer verder weg onder
het gewicht van zijn angst. Niemand wist wat Q-dagen hem kostten,
niemand kon meer doen dan ernaar gissen. Niemand kon meer doen
dan vermoedens opperen over wie hij ervan verdacht hem aan boord te
willen lokken, en met welk afschuwelijk oogmerk.

Zijn ogen berichtten zijn geest dat Lomar geen onmiddellijk gevaar
vormde, en rolden weer terug om de schoonmakers bij de machines
in de gaten te houden. Zijn lichaam was nog niet zo veel van zijn star-
heid kwijtgeraakt dat het keihard gesteven uniform dat zo slecht bij de
schuur paste gekreukeld was. Met een uitdrukkingsloos gezicht luisterde hij naar Lomars nu minder uitbundig onder woorden gebrachte
plannen. Uitdrukkingloos. Zonder commentaar.

Ongeduldig, geërgerd, maar bepaald niet zonder medegevoel vroeg
Lomar na een poosje: "En? Wat zeg je ervan?"

Pauze. Toen: "Waarvan?"

"Waarvan? Van mijn plan om de zwevers te gebruiken voor ploegen en planten en wieden en oogsten. Roodvleugel. Het enige wat we
nodig zouden hebben zijn eenvoudige hulpstukken, die hier gemaakt
kunnen worden. Stel de zwevers laag genoeg af, een paar centimeter,
anderhalve meter, we kunnen de details wel regelen als we aan het
werk gaan, we leren al doende, en dan hoeven we niet meer afhankelijk
te zijn van de Tockies. Begrijp je? We kunnen onze eigen productie-
schema's opzetten, en... Nou, wat zeg je?"

Manton zei: "Nee."

Lomar voelde een even, heel even terugkomen van het begin van de
afschuwelijke hoofdpijn die hem bijna te veel was geworden, die laatste
paar uur aan boord van de Q. Een zenuw begon pijnlijk te steken. Hij
voelde dat zijn gezicht warm werd. "Waarom niet?"

"Omdat het mijn werk niet is. Ik heb niks te maken met roodvleugel."

Lomar begon te schreeuwen. De Tocks, hun gezicht vuil van het
zweet en het vettige spul waarmee de zwevers tegen vocht en vuil

werden beschermd, keken op. "Niks te maken met roodvleugel?" schreeuwde Ran. Terwijl ze allemaal, van de eerste tot de laatste man, alleen maar met roodvleugel te maken hadden? Dacht Manton soms dat hij in dit godvergeten gat zat om alleen maar zwevers in piekfijne conditie te houden? Die eerst in het vet zetten en het er dan weer afhalen? Keer op keer op keer?

Manton zei: "Nee. We hebben een aeroruimtevaartuig en een watervoertuig en daar moet ik ook voor zorgen."

"Maar al die dingen zijn toch geen doel op zich?"

De gesteven man knikte. "Wat mij aangaat wel. Ze moeten het twintig jaar uithouden. Als er iets kapot gaat of er een ongeluk gebeurt, wordt het niet vervangen. Je kunt geen risico's nemen. Nee."

"Dus je bewaart ze. Waar bewaar je ze dan voor?"

Een schouderophalen. "Dat zijn mijn zaken niet. Mijn werk is ze op orde te hebben. Misschien gebruiken we ze nog een keer bij een noodgeval of zo. Het is niet mijn werk om ze bloot te stellen aan gevaren, om ze te gebruiken voor iets waarvoor ze nog nooit zijn gebruikt. Roodvleugel verbouwen. Nooit van zoiets gehoord. Zo kun je zwevers niet gebruiken. Zo doen we de dingen niet hier. Nee."

Nee.

Nee.

"Beste jongen." De Bevelvoerend Officier grinnikte. Keek met een glimlach naar Lomar en verwachtte duidelijk dat hij op zijn beurt zou lachen of in ieder geval glimlachen. De beleefde reactie bleef uit. Het volle gezicht werd een tikje somber en ontspande zich toen tot de gebruikelijke vriendschappelijke uitdrukking. Woorden kwamen niet, handen zwaaiden doelloos heen en weer, keel werd geschraapt. "Je vraagt me iets te doen wat ik nog nooit heb gedaan. Niemand heeft het ooit gedaan."

"Maar het kan worden gedaan. Het ís een keer gedaan, roodvleugel verbouwen. Vóór de Eerste Oorlog."

Nee nee nee. Tut tut. Dat was niet wat de BO bedoelde. Dat was helemaal niet wat hij bedoelde. "De zaak op zijn kop zetten," zei hij vaag, nog steeds gebarend. "Een spaak in het wiel van alledag steken. In het rond stormen en alles en nog wat veranderen. Op die bemoeizieke, tirannieke manier gaan we hier niet te werk. Op mijn strepen gaan staan? Ik ga niet op mijn strepen staan. Nooit. Met één teen nog niet. Dat hoef ik niet. Iedereen weet wat zijn werk is. Niemand hoeft zich met iets anders te bemoeien. Reldons werk is de commerciële kant van de zaak. Dat werk klaart hij. Drinkt te veel, o, dat geef ik graag toe," grinnik, "maar we zijn hier nogal losjes. Het vlees stelt zijn eisen, en je kunt ze niet aan armen en benen in de ijzers slaan. Nee. Waar het om gaat is dat hij zijn werk doet. Wat voor werk het ook is. Manton, arme beste maffe kerel, die heeft óók zijn werk. Machines. Hij zorgt ervoor dat ze allemaal pico bello in orde zijn. Als ik mijn zwever wil... 'Manton, mijn zwever.' Zippetie-ping, daar is mijn zwever. Geen spatje stof erop. En dan kan ik toch niet van hot naar her draven en de hele handel in het honderd laten lopen en alles op zijn kop zetten. Nee toch zeker? Neeee. Natuurlijk niet. In de Residentie hetzelfde. Ik loop niet de keuken in en zeg tegen mijn jongens: 'Bak dit op deze manier, pocheer dat op die manier.' Zij weten wat hun te doen staat. Ze doen het. Ze zouden álles voor me doen, jazeker, alles, lief hè, sterven zouden ze nog voor me willen doen, ja, sterven. 'Sterf!' dat is het enige wat ik zou hoeven zeggen en ze —"

"Officier Harb —"

"— zouden omvallen en dood op de grond blijven liggen —"

"Officier Harb!"

"Jij. Edran Lomar. Spreekt. Met stemverheffing. O, jazeker. Ik ben ruimdenkend. Ik ben verdraagzaam. Iemand zijn vrouw kwam mijn kantoor binnen, en ze had niet eens een uitnodiging, en weet je wat ze deed? Ze knielde neer, ja, op die rare bottige knieën van haar en ze bad voor me! O, ik wil je wel bekennen dat ik niet wist hoe ik moest kijken! Maar ik liet haar doen wat ze wilde. Ja, zeker wel. Maar er zijn grenzen. Misschien heb je dan wel een tijdelijke rang van zeven. Maar ik herinner je er niet graag aan. Dat ik geen rang heb. Het ligt niet op mijn weg om je er opnieuw aan te herinneren dat ik een officier ben. Maar alsjeblieft, mijn lieve jongen, alsjeblieft, praat toch niet met stemverheffing. Het is zo boers, begrijp je, ja toch? Om dat te doen.

"Maar wat je wel kunt doen —" Tan Carlo Harbs wenkbrauwen gingen omhoog en hij tikte met de punt van zijn vlakke, vlakke tong tegen zijn onderlip. "Ik ben altijd bereid om te luisteren. Kom vanavond naar de Residentie. Dan eten we, drinken we, genieten we van likeuren en al de laatste modieuze spulletjes en lekkertjes waar ze me met de Q stapels en kisten van hebben gestuurd. En niemand zal ons storen. De Tockies, die rakkers, gaan weg en verdwijnen en laten ons alleen, o helemaal alleen. En jij praat. En ik luister."

Hij stond op, glimlachend en rozig en minzaam en tikte Lomar op zijn schouders en legde zijn arm om zijn middel en bracht hem naar de deur.

"Vanavond dan, om tien uur?" informeerde hij.

"Vanavond, om tien uur," stemde Lomar lusteloos in. Het praten en luisteren, daarvan was hij overtuigd, zouden hem geen jota verder helpen. De BO zou bijna zeker na de maaltijd willen worstelen. En in de stemming waarin Lomar nu verkeerde was het best mogelijk dat hij niet de moeite zou nemen om terug te worstelen.

Buiten, in de brede straat, omzoomd door de enorme taranthbomen die hier weelderiger leken te groeien dan op de wereld waar ze vandaan kwamen, liep een oude Tocky langs, een blik op zijn hoofd. Met klaaglijke, onvaste stem bood hij zeekwirken te koop aan. Bloeiende pi-lianen slingerden zich om de oude bomen, en uit de bloembladeren kwamen kleine wolkjes paars stuifmeel als de bries even aanwakkerde en ze heen en weer bewoog. Vrouwen van Gildeleden wandelden over straat, in geanimeerde gesprekken verwikkeld, bedienden achter hen aan lopend met manden wilde en verbouwde etenswaren die werden verkocht op de open plek die 'de markt' genoemd werd, door de Tocks die het aan de zin en energie ontbrak om hun goederen in de lange, stille straten te koop aan te bieden. Er was geen gebrek aan geüniformeerde lieden — zo weinig eisend was hun werk dat het minste excuus al reden genoeg was voor een bezoek aan een collega.

De dochter van Tweede Stationsassistent Arlan kwam nu de straat afgelopen, bleef voor hem staan en glimlachte naar hem.

Dit was misschien de tweede of derde keer dat ze elkaar hadden ontmoet na de avond dat hij bij haar ouders had gedineerd. Zo anders was ze bij hun tweede ontmoeting dat het wel leek of het meisje bij die eerste avond alleen maar een onscherpe, tweedimensionale, zwartwit foto was. Wat ervoor gezorgd had dat ze zich die eerste avond teruggetrokken had in de binnenkamer van haar cel — daar was hij nog niet achter gekomen.

"Hallo, Lindel," zei hij.

Er was niets bijzonders aan het meisje, en toch had hij nog nooit iemand zoals zij gezien. Een frase, Het Wilde Koloniale Meisje, schoot door zijn gedachten. Ze was natuurlijk niet écht wild, op de manier waarop een verscheurend dier wild was. Maar er was iets aan en in haar dat niet kon bestaan op een planeet met verkeersproblemen. Een tuniekblouse, misschien een tiende kopie van een vijf jaar oud patroon van Buiten (de nieuwe modellen hadden natuurlijk de tijd nog niet gehad om hier, getransplanteerd, in bloei te geraken), al was die nog nieuw genoeg om er weinig gedragen uit te zien, was in een broek gestoken die was gemaakt naar het model dat door mannen gedragen werd, maar duidelijk op maat gemaakt voor heupen en flanken en een bekoorlijk klein kontje.

"Ha, die Ran," zei ze, terwijl ze zijn hand vastpakte. Ze liepen gelijk op verder en ze bleef zijn hand vasthouden. Hij was wel op intiemere plekken beetgepakt terwijl dat hem minder verbaasd had, maar de verbazing maakte al snel plaats voor een intuïtiever begrip. Ze kon niet meer dan een kind geweest zijn toen ze hier arriveerde, en dus was het heel natuurlijk voor haar om hand in hand te lopen met elke man die ze tegenkwam. En dat was ze gewoon blijven doen. Dit was niet gebruikelijk Buiten. Niet dat iemand ooit zei dat je het niet moest doen, of er ooit zelfs over praatte of over sprak. Maar niemand deed het.

"Ha, die Ran," zei ze weer, en gaf hun twee handen een ferme zwaai, en keek hem in het gezicht. Een glimlach lag voor hem klaar, scheen de uitdrukking op dat gezicht te zeggen, maar hij moest worden verdiend. Zijn glimlach kwam nogal traag en moeizaam, maar hij kwam toch. Ze knikte, ze glimlachte terug. Er waren overeenkomsten met haar moeder in haar gezicht. Van haar vader had ze weinig, alleen de ogen.

Lomar hield op dit ogenblik nog niet van haar in de volledige betekenis van het woord, maar ze was zo nieuw, zo anders, zo bekoorlijk fris, ze had nog zoveel bruisend jeugdig elan dat hij zich buitengewoon tot haar aangetrokken voelde. En dus was hij natuurlijk al van haar begonnen te houden, ook al was het maar een heel klein beetje.

Het pad langs het water hield bovenop een rotspartij even op. "Zo. En dat is dus de Noordelijke Zee," zei hij.

Het water was groen en schuimig wit, in regelmatige patronen, tot zover hij kijken kon, niet van de wind alleen (kwam hij langzamerhand te weten), maar ook door een microscopisch klein organisme. De zee strekte zich zonder einde uit.

"Ja," zei Lindel. Ze wees in de verte, laag aan de horizon. "Dat is Noordkou."

"Wat? Waar? Die vlek? Echt waar?"

Ze lachte. "Nee, het is een leugen. Dat wordt nieuwkomers altijd verteld. Noordkou kun je van dit punt nooit zien. Dat zijn alleen maar wolken. Ik geloof dat mijn vader heeft gezegd dat je een drie bent met de tijdelijke rang van zeven. Dat is toch heel ongebruikelijk? Weet je wat, Ran? Als je dit weet te klaren — meer roodvleugel — dan kun je vier bevorderingen overslaan. Jazeker. Het Directoraat zou het zeker doen. Je permanent de rang van zeven geven. Dan kun je over vijftien jaar met pensioen. Als je wilde. Kijk."

Ze bukte zich, raapte iets op. "Een zeekwirk. Ouwe Pappie Tee moet hem uit zijn mandje hebben laten vallen." Ze kneep erin en er ging iets open wat een mond zou kunnen zijn en het maakte een geluid, *kwirk kwiiirk kwirrkkk*, en toen ging de opening weer dicht.

"Die eten wij straks op." Ze trok aan zijn hand. Links kon hij de strandclub zien, niet ver van hen vandaan, badhuis, danszaal, jachtterrein; ze trok hem mee naar rechts. Het pad ging omlaag een kom in, de zee verdween uit het gezicht, maar bleef door haar geur toch dichtbij.

Het zon-warme stof van het pad en de stoffige planten waartussen het zich voortslingerde, alles had weer een andere geur die het van alle andere dingen onderscheidde. Droog, warm, scherp, lekker…Opeens bleef ze staan.

"Als je niet naakt wilt zwemmen kunnen we naar de club gaan," zei ze. "Er zijn mensen die dat niet willen. Als ze wratten hebben of zoiets."

Hij reageerde op de vraag in haar stem. Een paar heel kleine, onopvallende wratten, verder had hij niets, zei hij. Ze knikte op een ernstige, goedgelovige manier, die hem een beetje ontroerde, en zijn hart zei: langzaam aan. Kalm aan. Je weet niet wat je hier voor je hebt. Je bent hier nog vijf jaar en zij ook. Ze is zo jong. Spring niet naar haar of op haar. Nóg niet, in ieder geval. Nog niet...

Hij had beter gezwommen en betere plekken om te zwemmen meegemaakt dan hier aan de Noorderzee. De bodem was ruw als hij niet modder-slijmerig was en het schuim (ondanks al het plezier dat ze ermee hadden door het met handenvol naar elkaar te gooien en ermee te poseren, hier en daar een pseudo-zedige klodder) was onplezierig kleverig spul, dat je niet met duiken van je lijf kon krijgen. Ten slotte bleek het noodzakelijk om het met zand af te schuren, en toen waren ze allebei vuil. En verder zorgde het hoge zoutgehalte van het snel opdrogende water voor jeukende, schurftachtige plekken op hun huid.

"Nou, dat is de entreeprijs," zei Lindel, terwijl ze keek hoe hij plukte en wreef. "Ik hoop dat je er niet al te veel op hoopte om hier met me te vrijen."

"Eh, in zekere zin hoopte ik dat wel, ja," zei hij.

"Het is niet leuk als je zo bent. Later, als we schoon zijn, als we willen. Wat vind je van mijn lichaam?"

"Het is een goed lichaam. Over een paar jaar is het nog beter. Maar het is mooi, op dit ogenblik, bedoel ik. Ik hoop het heel goed te leren kennen."

Ze knikte en gooide haar schuimbespatte haar omhoog. "Het jouwe is ook goed. Ik hoop...Denk je dat je er in minder dan een jaar genoeg van krijgt? Van mijn lichaam, bedoel ik."

"Goeiedag, nee! Minder dan een jaar?" Wat kon ze daar nu mee bedoelen? Niets werd hier afgemeten in jaren. Het hart van het Station klopte op een vijfjaarsmaat. Lustrum, lustrum...Een soort vonk flitste door zijn geest. "O. Wie?"

Haar lippen bewogen voor ze sprak. "Mantosen. Mijn minnaar. Hij wilde mij nooit erkennen als de zijne. O, iedereen wist het wel. Maar hij danste nooit het eerst met me of bleef slapen of liet mij bij hem slapen of droeg mijn ring of zoiets. Het was te kort voor de aankomst van de Q. Hij was bang, en dat zei hij ook, dat hij onder druk zou worden gezet, dat hij zou worden gevraagd om met mij te trouwen, omdat zijn oude partner was gestorven, begrijp je, er zou plaats voor mij zijn aan boord van de Q. Onder druk gezet! Hoeveel druk —" Boos liet ze de zin onafgemaakt. "Er was gewoon een leeg gat in zijn leven dat ik opvulde. Ik had een gat en dat vulde hij op. En ik was, o, wat was ik zachtaardig en lief en zoet en zacht. O, wat was ik zeker! Zeker dat hij zich zou bedenken, op het allerlaatste ogenblik. Ik had alles al ingepakt." Haar ogen glommen, haar adem ging snel.

Maar dat dat geen zin had besefte ze ook wel voor Mantosens verraderlijke vertrek, alleen. Mettertijd begreep ze dat. "O, wat ik voelde! En wat ik wilde doen! Het ene ogenblik brandde ik, het volgende was ik stijf bevroren. En ik maakte plannen, in mijn hoofd. Ik zou hem verdoven en een paar Tocks huren en we zouden hem geboeid meenemen, ver weg, voorbij de Laatste Rand en hem daar aan een staak vastbinden. En ik zou ergens in een rotsspleet weggedoken zitten, je moet weten waar die zit, en ik zou wachten en luisteren terwijl de rorks kwamen en luisteren hoe hij gilde en gilde en gilde."

Haar stem zweeg met een naargeestig soort abruptheid. Ze keek hem aan, in de ban van haar emoties, en even strekte haar wrok zich uit over alles wat man was. En toen schraapte ze haar keel. Ze waren al droog genoeg om zich aan te kleden; ze deden het in stilte. Nee, op de Oude Aarde was er niemand, niemand zoals Lindel. Misschien wel op andere koloniale, dunbevolkte werelden, maar dat kon Lomar niet weten.

Terug in zijn U gingen ze onder de douche en schrobden hun lichaam schoon. En zonder een spoor van verdriet of haat op haar gezicht kwam ze ongevraagd in zijn armen. Maar niet onbegeerd, o nee, niet onbegeerd. Erna woelde ze met haar vingers in het zweet-natte haar op zijn borst en buik en zong oude Tockyliedjes met een heldere, ongeoefende, maar heel lieve stem. Ze namen weer een douche, en terwijl hij zich aankleedde verliet ze hem en het huis zonder één woord of blik over haar schouder.

De bo moet het hebben geweten. Misschien via snelle geruchten, of alleen maar door Lomars verminderde gespannenheid of op een van de vijf, zes andere manieren die er zijn om zoiets te merken, maar Tan Carlo Harb deed geen weeë suggesties, noch verbaal, noch door oog of hand. Hij was een goede gastheer met een goede tafel en een goede bar. Zijn huis stond vol interessante dingen, zijn conversatie, of die nu over de Derde Canto van de Galactiade ging of over jachttochten met de Wilde Tocks, was vlot en onderhoudend. En toen het ogenblik daar was dat ze begonnen aan het belangrijkste punt van die avond had Lomar er geen behoefte meer aan om zijn stem te verheffen.

"Waarom denkt u dat de oogst aan roodvleugel zoveel teruggelopen is, de laatste tien jaar?" vroeg hij.

Harb tuitte zijn lippen, trok zijn wenkbrauwen op, liet een snuifje pnath in zijn glas vallen, zag het poeder — gemaakt van een soort korstmos dat op de bomen groeide van het Eiland L'Vong in de P'Vong Groep, ver van Pia 2, in het Kantpatroon — opzwellen en heen en weer dansen en toen weer tot rust komen, nam een slok en smakte met zijn lippen. "Het zijn de Tocks, mijn jongen. Waarom de Tocks? Aha...Om maar eens wat te noemen: ze hebben zich nooit hersteld, ze hebben zich nooit hersteld van de jaren dat ze hier op hun eentje zaten. Honderden jaren geleden, jaaaa...Er is toen iets met ze gebeurd. Iets uit ze is verdwenen dat er nooit meer in is teruggestopt. O, het is gemakkelijk om het te zeggen, iedereen zegt het: 'De Tocks zijn lui.' Dat geef ik toe. Het is een feit, een gegeven. Maar waarom is het een feit? Het kan de Tocks niks meer schelen. Ze zijn zo ver achterop geraakt, zo ver weggegleden dat ze niet meer overeind kunnen komen. Morele, fysieke, emotionele degeneratie. Het wordt vanzelf erger. Behoorlijk eten willen ze niet. Kunnen niet leven op tockyrot alleen, dat weet jij, dat weet ik. Weten zij het? Als ze het weten kan het ze niet schelen. Resultaat, m'n jongen? Wat is het resultaat? Vatbaar voor elke ziekte. Of misschien is het allemaal één ziekte. Ik weet het niet. 'Tock-koorts' noemen ze het hier. Geen trots, geen energie," zei hij, terwijl hij zich behaaglijk in zijn stoel terug liet zakken en omhoog tuurde naar het fresco van naakte jongetjes op de muur naast hem. "Inteelt, walgelijk veel inteelt. Ik wou dat ik het gezag had om elk Gildelid dat voet op Pia 2 zet zijn nul-fertiliteitspillen weg te laten gooien en zo wat vers bloed in de Tocks te krijgen..."

Maar dat gezag had hij niet. Beleid was beleid. Je slikte de pil even routineus als je je tanden poetste en 's ochtends je ontbijt at. Beleid dat misschien verstandig was geweest, ooit ja, waarschijnlijk, honderden jaren geleden. Maar (zucht) het was niet aan hem om allerlei veranderingen ter hand te nemen, al was er nu in ieder geval geen gevaar meer voor overbevolking. Nee. Zachtjes aan, dan breekt het lijntje niet.

Geen zin had het om meer te doen dan hier en daar een hint geven, als het ware te speculeren... Nee, niet eens een suggestie...

"In mijn rapport. Niet het volgende. Het laatste. Voor ik met pensioen ga. Wat gegrilde kwirk?"

Hij duwde de met schalen beladen wagen een handbreedte naar Lomar, zodat die erbij kon zonder uit zijn stoel te hoeven komen. De naam, meer nog dan de smaak, onbekend maar aangenaam, van het knapperige voedsel, deed Lomar weer denken aan het avontuurtje van die middag. Die eten we straks op, had ze gezegd. Hij had die afspraak vergeten, zij had er niet meer van gerept. Een vreemd meisje... Fris, nieuw, goed in bed, misschien gevaarlijk. Er moesten anderen zijn. Het was beter om wat rond te kijken voor hij al te zeer gebonden raakte. Ja. Veel beter.

De dagen gingen voorbij, de lange, lange dagen van Pia 2. Nu eens was de lucht zwaar en bezwangerd van de geur van fermenterende roodvleugel, dan weer was hij fris en rook hij naar de ziltige zee, of was koel en rustig en geurde naar taranthbomen en pi-lianen. Ran Lomar maakte de tocht niet die hij van plan was geweest. Niet dat hij drukdruk bezig was met zijn werk, want hij had geen werk. Hij had geen andere bezigheden, en wat zijn formele opdracht van het Gilde betrof, daar scheen niets van terecht te komen. En de lege parade van het leven op het Station was allang de idiote pompeuze leegte gebleken die het in feite was: tweehonderd mensen die net deden of ze het werk deden dat door twee dozijn mensen gedaan had kunnen worden zonder dat ze zich overmatig hadden moeten inspannen.

Hij besteedde veel tijd aan het maken van plannen voor roodvleugel en veel minder tijd aan zich rekenschap geven van waarom ze geen van allen werkten. Daardoor werd hij een wilde, bittere bal opgekropte woede. Prima in vorm om Lindel te beminnen.

Als beminnen het goede woord was (eigenlijk niet, niet helemaal, of niet erg), als beminnen het goede woord was voor de wilde worstelende gevechten waarin zijn krampachtig zoekende lichaam zich mat met het hare en met de tijd, als er geen tijd scheen te zijn, maar het toch leek of de tijd niet op de tijd durfde wachten. En dan, daarna, heerlijke vrede, fluisterende heerlijke vrede...

Als hij haar kon vinden. Of als ze zich wilde laten vinden.

Op een dag, toen hij niet kon of zij niet wilde (vergeten waren zijn eerdere ideeën over niet gebonden raken, zijn plannen om andere meisjes te zoeken, vrouwen, misschien zelfs Tockymeisjes), woedend om zijn onvermogen om de afstandelijkheid en desinteresse te vinden die hij zo gemakkelijk bereikbaar had gedacht toen hij hier kwam; woedend op zichzelf en al even woedend op het Station, dat hij stom rechttoe rechtaan en star van de conventies vond, nog erger dan wat hij op de Oude Aarde had meegemaakt — in zo'n stemming en in een plotselinge impuls, vertrok hij voor een kortere versie van de lange verkenningstochten die hij zichzelf beloofd had.

Hij trok veldtenue aan, haalde ergens een Tockgids vandaan, wist gemakkelijk genoeg rantsoenen voor een paar dagen los te krijgen, kreeg van een zuinig en onwillig kijkende wapenmeester één (tel na) één wapen, en stond bijna voor hij weer kalm werd buiten de perimeter van het Station. Pas toen het raspende geluid van het zweepgras langs zijn laarzen hem deed begrijpen waarom de Tocks altijd lappen om hun benen wonden zag hij wat dit voor gebeurtenis was — een breuk, een bres. Een scheidslijn.

Rango de gids, in de ene zwaaiende hand zijn stok en zijn hak in de andere, zei, toen ze bij de eerste heuvel naar het zuiden kwamen: "Hist goed dattu guhweer heb."

Lomar gromde. Zwaaide zijn stok vooruit en plantte hem in de grond.

"Hist goed v'r u. Kep neu guhweer nodig. Kep am'let." Hij knikte, tikte trots op zijn borst, waar een leren riempje onder de haveloze tuniek verdween.

"Haj. We ziet ne spin," hij spuwde drie keer en wreef er met zijn teen doorheen, "kennu'm schiets. U kep geen am'let, u kennu'm schiets, alleen. Ik — ik zits obbe gron', me am'let in me han' en ik zaag die wo'ren — Haai? Spin kenniks. Nee-nee. Kep am'let, twee-drie week nou. Keppem van 'eksedokter. Kostte hoopzooi roodvleugel, hoopzooi fiets van wink'l." Het leek er veel op dat de ondernemingslust in Rango verre van uitgeblust was. Bijna een heel jaar had hij zich extra-speciaal ingespannen, grote slemppartijen laten lopen, de heksendokter de meeste fiches afgestaan die hij met het verzamelen van roodvleugel had verdiend.

Een vonkje belangstelling bij Lomar. Als Rango zo hard wilde werken omdat hij een amulet wilde hebben, waarom zouden de andere Tocks dan niet hetzelfde willen? Het vonkje stierf. Het haalde toch niks uit. Het haalde nooit niks uit.

Vanaf de top van de heuvel, bekroond met bloeiend purperkruid, keek hij voor het laatst achterom naar het Station. Dat kleine maaswerk van straten was alles wat er was, op deze hele godvergeten planeet, aan kennis, wetenschap, beschaving. En het kon niemand iets schelen. Een eindje verderop, wat lager, lag het chaotische litteken van Tockystad. Wat zou er gebeuren — door zijn geest flitste weer zo'n gedachte, weer zo'n vonk, en hij schrok een beetje — wat zou er gebeuren als er om de een of andere reden geen Q-schepen meer kwamen?

Een ogenblik hoopte hij bijna dat dat zou gebeuren. Laat de hele stomme, starre bende omkomen. Maar hij zou niet met ze omkomen, daar was hij vervloekt zeker van. Laat ze maar in elkaar gedoken zitten en hopen en wachten en langzaam in verval raken, overweldigd worden door dood, krankzinnigheid, wanhoop, laat ze maar de hemel afturen terwijl alles om hen heen instortte. Maar hij zou er niet bij zijn. Hij vervloekte het Station, vervloekte de roodvleugel, de routine, de gesloten starre geest van de mensen hier. Plannen, half-uitgewerkte avonturen, wriemelden en klepperden in zijn hoofd. Hij zou op zoek gaan naar de oude kaarten, een boot bouwen, naar de andere continenten of eilanden gaan. Lindel meenemen... Een paar van de slimmere Tocks...

Nee, het haalde niks uit. Het haalde nooit niks uit.

Als, nee, als, had hij gezegd, als we de Tocks nu eens meer betalen voor roodvleugel. Misschien is dat een motief om meer te oogsten.

Nietszeggende blikken. Het klikken van geesten die zich sloten. Werkt niet werkt nooit kan niet dwaze idiote gedachte nee. Geef de Tocks meer wat ze zouden doen is minder werken da's alles wat ze zouden doen. Geef ze wat te eten en spullen die ze kunnen laten fermenteren en ze beginnen aan een slemppartij zodra de 'rot klaar is en dat duurt dagen en dan werken ze dagen weer niet. Lomar en Rango zetten hun stokken in de helling en gingen zigzaggend de heuvel af. Hier en daar waren op de geelgroene stukken land de karmozijn-scharlakenrode vlekken van roodvleugel te zien. Hier en daar wipte een eekhoorngrote springer vlug van de ene struik de beschutting van de volgende in. Station en Tockystad verdwenen allebei uit het gezicht en de stokken hielden de twee mannen recht overeind bij de steile afdaling. Hier en daar een slordige hoop bast en takken — een huisie — met soms een vuil gezicht en verward vuil haar.

Geef de Tocks meer? Meer waarvan? Alles wat je hun geeft moet uit de voorraden van het Station komen. Wil je dat wij zonder doen zodat zij hun vuile lijf in mooie kleren kunnen steken?

En dat was het dan, zijn plan om de Tocks meer te geven, zeg twee keer zo veel, in de hoop dat ze ook twee keer zo veel zouden inzamelen. Wat dan? De Tocks maar de helft geven? In de hoop dat ze twee keer zo veel zouden inzamelen om evenveel te krijgen als vroeger?

Nee dat werkt nooit, de stomme zakken zouden verhongeren voor ze doorkregen hoe het in mekaar zat nee nee gaat niet niks werkt bij ze stom lui.

Hier en daar kwamen ze langs verzamelaars, soms alleen, maar vaker (vooral naarmate ze verder van het Station kwamen) een groep, die de roodvleugelplanten uit de grond trok, ze opboste, terugsleepte, onder het zingen van hun melancholieke liedjes. Maar er waren er niet veel, en Lomar meende te zien dat ook de roodvleugel niet overdadig groeide. Lag de schuld helemaal bij de luiheid en het onvermogen van de Tocks? Was Noord-Tockland al te intensief afgegraasd, als het ware? Als dat zo was, waarom scheen de ranzige lucht van de plant dan in zijn neus te blijven hangen?

Ze hielden stil om te eten en later om te duiken en rond te plassen en zich te wassen in een meertje met een bron, half in het zonlicht, half in de schaduw. Rango giechelde als bij een geweldige mop toen hij zich de nieuwe ervaring van zeep en zeepsop liet welgevallen. Gewassen en gekamd, maar nog niet gekleed in zijn vodden had hij iedereen kunnen zijn, overal, niet een 'autochtoon' maar een mens, als een luchtige ernstige gedachte de gebruikelijke Tockgrijns even van zijn gezicht hield. Er was Rango klaarblijkelijk een in de verte hiermee verwante gedachte ingevallen, want hij draaide zich om naar Lomar en zei: "Haaj, jij's een echte man, haaj."

"Wat bedoel je daarmee?"

Rango's lange armen zwaaiden heen en weer door de moeite die het hem kostte om zijn gedachten anders onder woorden te brengen. "Van 's Ouwe Aarde issu."

"O, ja, zeker."

Rango knikte voldaan. "Haaj. U is echt-man. Van 's Ouwe Aarde..."

Ran amuseerde zich een beetje over dit waanidee van de ongeletterde Tock. Hij kwam overeind, Rango krabbelde ook op, ze kleedden zich aan en gingen verder. Het laatste deel van de middag werd besteed aan het zijdelings bestijgen van een eindeloos omhoogstekende piek, bezaaid met scherpe rotsen. Een keer, toen ze stilhielden om hun behoefte te doen, zei Rango: "Meest Ran, dit Laatste Rand."

Ran gromde iets over dat hij vervloekt blij was dat dit de laatste rand was, en de mededeling gaf een beetje extra kracht aan zijn vermoeide beenspieren. Hij had een hele tijd niet eens opgekeken toen Rango bleef staan en sissend zijn adem naar binnen zoog. Langzaam hief Lomar zijn hoofd op. Zijn blik volgde de wijzende vinger van de gids.

Van waar ze stonden gleed de helling vrij gelijkmatig omlaag, tot een ondiep komdal. Aan de andere kant van het dal zagen ze alleen maar de rand. Er voorbij, een niet te schatten afstand onder en voor hen strekte zich een grote vlakte uit, tot aan de nevelige horizon, waar het land samensmolt met de hemel.

En rechts en links, voor en achter, zover het verwonderde oog reikte, was het hele landschap een zee van vlammende roodvleugel.

Vele minuten lang zweeg hij, overweldigd door het wonderbaarlijke van wat hij zag, het grote lege hart van het verwaarloosde en bijna onbekende continent, en door de schitterende pracht van wat hij zag. En toen (later zou hij het zichzelf verwijten, het feit vervloeken, als het een feit was, dat hij in zijn hart een lid van het Gilde was; excuses zoeken als 'medische noodzaak'; zich de instructeur op de Academie herinneren: "Wat is de mens, jonge aspiranten? De mens is een dier dat handeldrijft...") en toen, bijna explosief, boos: "Waarom halen jullie dáár je roodvleugel niet vandaan?"

"Daar! Daar!"

"Kijk nu toch! Het moet zo dicht als gras staan! Waarom —"

En Rango keek hem met open brokkeltandenmond van verbazing aan. "Waarom...Waarom, Meest Ran...Omdat, omdat hiez als rork-land! Rork-land, dit, hiez! Rorkland hiez! Als Koude Tijd, dan gaans, haaj. Maar neenu, Meest Ran, neenu."

Rorkland! Allemaal rorkgebied. En de rork was de boeman, de

vloek, de duivel en de schrik-in-de-nacht. "Zijn er nu rorks daarbeneden, denk je? Te zien?"

"Ah. Spinnen. Je wilm zien. Haaj. Groot-kijk'r."

Grootkijk'r... wat bedoelde Rango daar nu mee? Pas toen de Tock naar de teleziener wees begreep Lomar het. Hij haakte de tas van zijn riem en zette het instrument aan zijn ogen. Een nevelige verte werd een helder beeld. De roodvleugel was geen ongebroken mossig tapijt meer, maar toch groeiden de planten dichter bij elkaar, waren ze zichtbaar groter, dan in Tockland.

En toen, door die vreemde kleine truc van de geest, waardoor we vaak (zo lijkt het althans) ons bewust worden van het geluid van een motor, één ogenblik voor hij stopt, zag Ran Lomar de rork pas in de seconde voor hij opstond en begon te lopen. Zijn eerste rork!

Hoe groot hij was kon hij niet zeggen, want hij had niets om hem mee te vergelijken, alleen de roodvleugel, en in dat opgewonden ogenblik was hij er helemaal niet meer zeker van dat de planten op die afstand werkelijk groter waren. Het leek wel een grote zwarte rots, onderop verglijdend naar donkergrijs. Spin! Ja, dat was een voor de hand liggende vergelijking, en de benaming kon niet tot verwarring leiden, omdat Pia 2 zelf geen arachniden had. Er was geen afzonderlijk hoofd, en het lichaam hing laag, lager dan de knieën van de poten, zodat het aan zijn eigen dijen 'hing', in plaats van dat die dijen de romp droegen. Een langpootspinnenbeest, met een lichaam dat in verhouding tot de poten wel veel groter was dan bij het onschuldige insect van de Oude Aarde (nog steeds stilletjes bestaand, terwijl alle grote reptielen en zoogdieren waren verdwenen, de olifant even uitgestorven als de baluchitherium), en... poten, ja. Er was geen twijfel over mogelijk. In dit opzicht hadden de oude boeken het in ieder geval bij het rechte eind. De rork was vierpotig.

Deze schudde zichzelf nu heen en weer en begon toen zijn toilet te maken, eerst met een lange, lenige voet en toen, elk op zijn beurt, met de andere drie. Toen wachtte hij even, alsof hij luisterde. Nu kon hij de ogen-op-steeltjes zien. Toen liep hij op zijn gemak langs de rijen roodvleugel, tot hij voor een deel aan het gezicht onttrokken werd en Ran niet kon zien wat de rork deed toen hij bleef staan. Het lichaam zakte iets. Een plant beefde, schokte, scheen omhoog, en toen weer omlaag te schieten. De rork werd weer helemaal zichtbaar, de plant in zijn bek…hij nam tenminste aan dat het een bek was…Als het beest zich nu maar wilde omdraaien —

Het draaide zich om, en voor het eerst kreeg hij een duidelijk beeld van het zogenaamde masker. Moeilijk te geloven dat dit geen gezicht was! De gele tekening, omsloten in een soort cartouche van dezelfde kleur, zo'n perfecte imitatie van ogen, neus, mond. Maar wat het ook was, een gezicht was het niet. De ogen zaten bovenop, net als bij een slak. De oude boeken zeiden dat de ademspleet van de rork ook bovenaan zat. En de mond zat ver beneden de onderste streep van het masker. Terwijl hij keek verscheen iets bij de mond, en viel op de grond. Hij dacht dat het een wortel was, maar zeker weten kon hij het niet. Het rode blad beefde en werd, terwijl de rork de stengel verkauwde en naar binnen werkte, steeds verder naar de onduidelijke donkere spelonk van de mond toe getrokken.

Rango stootte tegen zijn arm. De rork verdween uit het beeld. Boos draaide Lomar zich om naar zijn gids, die zonder naar hem te kijken, naar beneden wees, veel dichterbij.

"Ssst, Meest Ran. Richt kijkglas gindsdaar. Ziets groot-groot boom bij beek?"

Na een ogenblik deed Lomar wat hem werd gevraagd. In de verziener, zó vlug dat hij schrok, verscheen een dier dat niets weghad van een rork, en veel, veel kleiner was. Het had iets in zijn bek, een kleine springer of een groot gilkind misschien. Een ogenblik bleef het staan, toen, opeens schoot het weg. Nog een, en nog een, van hetzelfde soort als het eerste dier, schoten langs zijn verziener, heel snel. Het gras bewoog even. Toen niets meer. Na nog een minuut legde hij de verziener neer.

"Wats jij gezien, Meest Ran?" vroeg de Tock gretig, en zo te zien ook wat bezorgd. "Rips?"

"Waren dat rips? Lang, en korte poten?"

Zijn gids knikte heftig, en zijn lange, sluike, nu schone haar schokte. "Haaj. Rips. Hoeveel hèts gezien?"

"Drie…waarom?"

"Drie? Niet meer? Echts?"

Lomar verzekerde hem dat het er drie waren, niet meer. De Tock dacht na, en aan de uitdrukking op zijn gezicht te zien wist hij niet zeker of dat nu gunstig of ongunstig was. Toen gebaarde hij naar Pia Sol, wiens doffe, bloed-oranje schijf net een beetje boven de horizon scheen te hangen. "Tijd oms huisie te maak om schut en slaap vannacht."

Rango deed een heleboel werk, stroopte de losse zachte schors van een paar bomen die hij uitgekozen had, hakte takken af met zijn hak, maar desondanks werd het een klein huisie en moesten ze er op handen en voeten in kruipen. Lomar was blij dat ze alle twee in bad waren geweest. Rango wilde met alle geweld een vuurtje maken, ondanks de warmer en de veldlamp in Lomars bagage, en toen ze er na het eten naast zaten begon hij te praten.

Eén ster was feller dan de andere sterren in die zwarte hemel, en schitterde met een blauwwitte gloed, terwijl overal om hen heen de gilkinderen jammerden en snikten. Rango's hand schoot uit, wees ernaar.

"Ouwe Aarde," zei hij, ontzag in zijn stem.

"Wat zei je daar?" zei Lomar verrast.

> "Ouwe Aarde, Ouwe Aarde,
> Planeet die onze vaders baarde,
> Geef o's steeds uw vrindlijk lich,
> Keer naar ons uw aangezich."
>
> zong Rango.

Het was natuurlijk, en dat wist Lomar heel goed, zeker niet de Oude Aarde. Het was Pia 3, de dode sintel die officieel bekend stond onder de naam Ptolemaeus Philadelphius, maar onofficieel als 'de Stronthoop'. Maar omdat hij was geroerd door de onschuld van zijn gids en door het versje, dat, op welke manier het toen ook gezongen werd, oud was toen 'onze vaders' nog steeds gebonden waren aan het oppervlak van hun thuiswereld, had hij hem voor geen geld van zijn illusies willen beroven. De Tocks hadden al zo weinig. Ze hadden zelfs bijna niets. Alleen dit.

Als het meteen de volgende ochtend mogelijk was geweest om zich in die rossige jungle te storten dan had Lomar dat misschien nog wel gedaan ook. Maar de afdaling van Laatste Rand aan de kant van

Rorkland was duidelijk een nog zwaarder karwei dan het beklimmen van de andere kant de dag ervoor was geweest. Rango's frequente luidruchtige slikken en vastgrijpen van het riempje waaraan zijn amulet hing toen ze het idee bespraken, bewees dat hij waarschijnlijk alles liever wilde dan zijn pas gekochte amulet uitproberen. En toen, opeens, opeens, vond Lomar dat hij een hoop meer over de rorks te weten moest komen voor hij oog in oog (zogezegd) met een exemplaar kwam te staan.

Tot op dit ogenblik had het er steeds op geleken dat de Tocks dé en de enige sleutel waren van het hele probleem. Nu leek het erop dat er nog een tweede sleutel was — de rorks.

Rango hoorde de plotselinge wijziging in Lomars plannen met kennelijke opluchting aan, en begon gretig te praten. "Haaj, Meest Ran, niks-goed nou. Wacht 's tot laatser. Komt Kouwe Tijd, dan gaats hie'heen. Dan spinnen vel verwisselt. Hessen ze geen krach. Hoop Tocks, paar mens ook, gaat 's Rorkland in. Kom mee ook, Meest Ran. Kom mee ook."

En Lomar dacht dat het wel zolang duren zou voor hij weer terug was bij Laatste Rand en het schitterende panorama.

Maar dat had hij mis.

De Stationsbibliotheek weergalmde van zijn voetstappen. Stof en vuil waren er niet, daar zorgden de Tock-schoonmakers wel voor. Maar er was niemand. Catalogi, ordners, archieven, alles kon hij zo raadplegen. De twee afspeelkamers waren al even leeg als de rest van het gebouw. Hij zette de spoelen zó in het apparaat dat hij achter elkaar kon blijven kijken, leunde achterover in zijn stoel en drukte de knop in de armleuning in. Een paar spoelen bevatten niets dan tekst, andere waren 3D en meer documentair van aard. De woorden waren geschreven, en de teksten ingesproken, door mannen en vrouwen die lang, lang dood waren, en door hun hele verhaal heen vielen hem hier en daar archaïsche elementen op. Er was al eeuwenlang niets gedaan om het materiaal dat voorhanden was aan te vullen. Maar er was geen reden om aan te nemen dat de rorks nu anders waren dan toen. En de repro die zich nu voor hem ontrolde was zo gaaf dat er geen reden was om aan te nemen dat er ooit veel mensen waren geweest die iets over ze te weten hadden willen komen.

Daar was het, in drie dimensies, geluid en kleur: Rorkland. En daar waren de rorks, veel betere, helderder, langere opnamen dan wat hij die middag met zijn teleziener had gezien. "...angstaanjagend intelligent..." Dat was eigenaardig. Hij keek half-begrijpend, maar toch gefascineerd naar een versnelde film van het proces waarbij de oude huid werd afgeworpen en vervangen door een andere, een proces dat deze wezens 's winters doormaakten, in hun nest, en waarbij ze zich alleen maar traag konden bewegen, als ze zich al konden bewegen. Waarom, als die eerste waarnemingen juist waren, als de rork alleen maar herbivoor was en alleen uit zelfverdediging aanviel, waarom werden ze dan beschreven als angstaanjagend intelligent? Had de auteur-verteller het vermoeden gehad dat zijn tijdgenoten ongelijk en anderen gelijk hadden? Dat de rorks mensen aten en die aanvielen als ze hen zagen? En gingen ze inderdaad Tockland in om menselijke kinderen te grijpen, een gruwelijker voedsel dan roodvleugel?

Er was iets roerends, tragisch, in het zien van de eerste kolonisten, de voorouders van de Tocks: schoon, alert, vol energie, intelligentie, ijver. Wat was er van hun nakomelingen geworden?

Langzaam en nadenkend liep hij de bibliotheek uit.

En belandde in een Station dat in rep en roer was.

Niemand, die maand, dacht één seconde aan roodvleugel. De Tocks kwamen uit alle hoeken en gaten van hun kleine land toegestroomd. Soms kwamen ze van zo ver dat hun vuile naakte kroost gilde van angst bij het zien van het vreemde Stationspersoneel. De krachtvelden werden opgezet en alle Gildeleden werden bewapend, en, o wonder!, Manton, de Technisch Assistent, was zelfs bereid een paar van zijn kostbare glijders af te staan. En Edran Lomar kwam in één daarvan terecht, samen met Tan Carlo Harb, de Bevelvoerend Officier.

Het schrille geluid van het alarmsignaal scheen nog na te galmen in zijn oren toen hij over het zijboord keek. De hoogte was ingesteld op drie meter, zodra het voertuig de met bomen omzoomde straten uit was. "Ik weet rips meestal vrij goed te raken," zei de BO, "maar in dit soort situaties heeft het geen zin om er individuele exemplaren uit te halen. Niks geen lol als je nauwelijks kunt missen...Ik verhoog de snelheid, jongen. Hou vast."

Na de schok gleed de zwever weer rustig verder. "Hoe vaak gebeurt dit?" vroeg Lomar. "Dat de rips uitzwermen?"

Een nieuw licht lag in de ogen van de BO, nieuwe kleur lag op zijn wangen. "O, zo af en toe," zei hij vaag. "Als de noordkant van het continent niet een plateau was zou de zaak er veel erger voorstaan. Maar nu, ach, om je de waarheid te zeggen is het vooral een tamelijk opwindende, maar nauwelijks een gevaarlijke periode. Niet voor ons. Geeft ons de kans om met ons achterwerk van een stoel te komen en de muffe lucht uit onze longen te blazen, begrijp je? Ha! Kijk daar! Onder je, links. Daar!"

Waar de BO's dikke vinger wees scheen een struik opeens te ontploffen, toen er minstens tien, twaalf springers uit schoten. De geelgrijs gestreepte lijven van de rips kwamen er achteraan. Ze waren misschien niet groter dan grote hazen, en uiterlijk verschilden ze daar ook niet zoveel van, alleen hadden ze vleermuisachtige oren en stijve, rechtopstaande staarten. Niet meer dan één springer wist te ontsnappen, met enorme, doodsbange sprongen, minstens vijf meter ver. Terwijl andere rips hun prooi heen en weer schudden en in stukken scheurden, zette een rip de achtervolging in, zijn tanden ontbloot, de brokken grond rondspattend waar hij de scherpe, niet-intrekbare klauwen neerzette die zoveel afschuwelijke schade konden aanrichten.

"Jij stuurt," zei de BO meteen en drukte op de knop voor de tweede piloot. Lomar activeerde haastig de instrumenten aan zijn kant van de cabine. Hij had maar nauwelijks de tijd om te zien hoe Harb het wapen pakte, hoorde hoe het even knalde, zag het minuscule, maar onmiskenbare wolkje nevel, en de rip — al dood — struikelde, tolde om, en viel neer.

"Niet slecht," zei de BO. "Geef maar weer hier."

Lomar keek achterom en zag de rips het lijk van hun soortgenoot in bloederige stukken scheuren. Een van hen hief een bebloede snuit op en scheen hen met melkwitte ogen aan te kijken. Hij huiverde.

"Lemmingen," zei Harb. In zijn stem klonk voldoening door.

"Wat?"

"Ken je de natuurlijk historie van je eigen wereld niet eens, Lomar? Lemmingen? Een uitgestorven zoogdier dat in IJsland of Groenland leefde. Of was het Schotland? Geeft niet, dat is niet belangrijk.

Lemmingen, die naam probeer ik al te bedenken van het ogenblik af dat ik in deze zwever stapte. Ik dacht dat jij me iets over ze zou kunnen vertellen. Jammer. Goed. De lemmingen zwermden af en toe uit, net als de rips. Iets in hun metabolisme, of denk ik nu aan iets anders? Opeens kreeg je een enorm aantal lemmingen, een ongelooflijke, krankzinnige massa. En dan zwermden ze uit en liepen het hele land onder de voet totdat ze, volgens de eigenaardige oude legenden, bij de zee kwamen."

"Ik wed dat dat ze wel tegenhield."

"Wees maar blij dat je geen geld hebt ingezet, want dan zou je het kwijt zijn. Nee, de zee hield ze niet tegen. Ze waren al plassen en meren en rivieren overgestoken, en dus dachten ze, vermoedt men, dat de oceaan gewoon de zoveelste was. En dus stortten ze zich de zee in, bij miljoenen en miljoenen tegelijk," zei Harb enthousiast, "en zwommen verder, tot ze verdronken... O, ik denk dat er wel een stel aan land kwamen, of anders nooit in het water terechtkwamen, anders waren er geen over geweest om de soort verder te laten bestaan. Maar dan de rips. Zie je ze? Kijk. Zie je? Zie je? On-ge-loof-lijk."

Troep na troep gleed onder hen voorbij toen ze zuidwaarts gleden. De rips aten de gilkinderen die hingen te slapen, ze vraten de vluchtende springers op, ze velden alles wat traag en onschadelijk was en ze grepen de gewone carnivoren van het noorden met maar weinig meer moeite. De rips vermaalden nesten en jonge dieren en sprongen, keer op keer, naar vliegende vogels en dagvleermuizen. Een paar keer stortten ze zich bijtend en klauwend op de schaduw van de zwever op de grond, en sprongen omhoog, naar de machine zelf.

Een grom van ontsteltenis ontsnapte Lomar toen hij de rips voort zag snellen, hun lippen van hun tanden weggetrokken, en die tanden rood van het bloed, een krankzinnig starende blik in de verglaasde en zo te zien blinde ogen. Harb grinnikte even geamuseerd. "We zijn drie meter van de grond," zei hij, "al lijkt het misschien niet zo. Ze kunnen niet meer dan de helft van die afstand springen. Oho, daar komt de Laatste Rand aan. We glijden omlaag en gaan eens kijken naar Boven-Rorkland. Daar zul je nog eens wat zien!

"En schaam je er maar niet voor dat je testikels halverwege je buik zitten... Als ik niet wist dat Stijve Manton elk kamwieltje, elke diode, transistor en weerstand van deze glijders verzorgt of ze deel uitmaken van zijn eigen lijf dan zou ik mijn leven nog niet riskeren door een halve meter boven het pierenbadje te zweven, en zeer zeker niet boven alle zwermende rips van de aardbodem hier, hou je vast!"

De glijder schoot schuin omlaag. Ran Lomar hield zich stijf vast en deed zijn ogen wijd open. Scharlaken-karmozijnrood waren de rood-vleugelbladeren in het grote dal van de rorks, maar wat zijn aandacht vasthield, beetgreep, niet meer los wilde laten, was de grote golf die schuin omhoog stormde, de helling op. Een grijzig-gele golf.

"Daar zijn ze," zei Harb zacht. "Kun je ze tellen? Misschien kun je de sterren tellen, maar niet de rips." Eindeloos in aantal schenen de rips te zijn. Eindeloos. Verder, al verder sloeg de golf door onder de nu stil in de lucht hangende zwever, kolkend en bruisend, verder, steeds verder.

"Hee," zei Harb. "Kijk daar eens. Ik heb het gehoord. Ik heb het nooit geloofd. Ik vind het nu nog een ongelooflijk idee."

"Wat? Wat?"

"De Tocks hebben het altijd gezegd. Maar ik heb het nooit gezien. Nog nooit. O, kijk toch eens."

Waar hij wees en waar Lomar keek was een lijn te zien, een dunne lijn van grote, donkere gestalten, springend en voortsnellend op spin-nige poten, voor de grote grijsgele golf rips uit.

"De Tocks hebben het me verteld. Heel wat keren. De rorks, zeiden ze. De rorks voeren ze aan. Ze voeren ze aan om ons aan te vallen."

En de golf golfde verder, steeds verder, en brak op de steile, graniet-harde rotswanden van de Laatste Rand.

De zware klauterpartij omhoog beperkte het aantal zwermende rovers dat op het plateau wist te komen, maar ze tegenhouden deed de Laatste Rand niet. Verhalen deden de ronde over hele Tockgezinnen die levend waren verslonden, van gillende vluchtelingen die waren gegrepen toen ze nog net buiten bereik waren van de krachtvelden die het Station met hun veilige buffer omringden, in stand gehouden door de soepel draaiende generatoren. En een of twee anderen, aangevallen door niet meer dan één rip, wisten zich te verdedigen met hun hak en scheurden het verscheurende roofdier aan stukken.

Bijna een maand lang rolden de schijnbaar eindeloze massa's rips uit het onbekende hart van het continent noordwaarts. Ze bereikten de zee, maar ze stortten zich niet in het water en vonden zo de dood. Nee, ze paarden hier, zoals ze elk paarseizoen deden en legden hun eieren en bedekten de leerachtige bollen met zand.

En toen, daarna, op honderden kilometers strand en rots langs de norse zee, stierven ze, in massa's tegelijk. De stilte scheen lang en onnatuurlijk.

De Tocks trokken terug naar hun land met veel minder haast dan waarmee ze naar het Station waren gevlucht. Voor iedereen die op tijd dit veilige toevluchtsoord had bereikt waren de afgelopen weken een heel plezierige tijd geweest: ze hadden voedsel gekregen van het Gilde (met tegenzin, maar toch), en ze hadden rondgezworven door de straten van de kleine nederzetting (voor hen het grote Babylon, niet dat ze daar ooit over hadden gehoord), maar nu was die tijd weer voorbij.

"Een paar hadden het lef om vandaag bij de Loods om rantsoenen te komen vragen," vertelde Tweede Assistent Arlan, met een verontwaardigde giechel. "Ik heb ze precies gezegd waar het op stond. 'Ga roodvleugel verzamelen, vervloekte luiwammesen! De vakantie is voorbij. Als je te eten wilt hebben moet je roodvleugel brengen'."

En dat deden ze ook. Een tijdje. Maar toen brak de Tockkoorts weer eens uit.

En viel de productie bijna terug tot nul.

HOOFDSTUK 3

De Rookkaap, zei men, gaf het begin aan van Zuid-Tockland. De naam, had Ran vaag gedacht, was een aanwijzing voor vulkanische activiteit, in verleden of heden. Maar het werd al snel duidelijk dat de dunne rooksliert die, even nadat de enige boot die het Station bezat de Kaap rondde, verscheen, niet van natuurlijke oorsprong was.

"Sein," zei de Kwartiermeester. "Ze verwachten ons."

"Ontvangstcomité?" vroeg Ran. Maar de KM gromde alleen maar.

Toen al Lomars pogingen om de Tamme Tocks meer roodvleugel te laten oogsten niets uitgehaald hadden, was hij gedeprimeerd geraakt en later volkomen onverschillig geworden. Hij ging kamperen, samen met Lindel, maar lang had dat niet geduurd. Het was wel fijn, een poosje, bij hun vuur in de frisse herfstlucht, maar toen ze hem probeerde over te halen om verder te gaan met zijn werk was hij onbeheerst tegen haar uitgevallen. "Wat voor werk?" had hij boos gesnauwd. "Laat me toch alleen."

En dat had ze. Zo letterlijk zelfs dat ze verdwenen was toen hij terug-keerde van een lange, norse wandeling. Samen met Reldon was hij zich een keer gaan bezatten. Wat hij eraan overhield was een gemene kater en een hete, verwarde herinnering van wilde toeren die hij had uitge-haald met een jong, maar heel bedreven Tockymeisje.

Het scheen al met al tijd te zijn dat er eens iets veranderde.

De roodvleugelproductie van Zuid-Tockland was nooit zo hoog geweest als de grootste oogst van het Noorden; maar ook nooit zo klein als het minimum wat de Tamme Tocks hadden binnengehaald. Hij had zogezegd voor eigen publiek gefaald. Wat had hij te verliezen als hij eens ging kijken hoe de zaken er aan de andere kant van het continent voorstonden?

"Ik zou niet weten wat," gaf BO Harb toe, terwijl hij nadenkend aan zijn dikke onderlip pulkte. "Maar verbeeld je maar niet dat het veel zal uithalen. Misschien haalt het wel niets uit. Het enige wat die lui daar willen zijn wapens en de spullen om ze te maken. Het liefst zagen ze dat we hun standaardwapens van het Gilde gaven, toe maar. Officieel om er rorks mee te schieten, zodat ze veiliger roodvleugel kunnen oogsten, maar in werkelijkheid om er hun rottige kleine vetes mee uit te vechten. Nou, ze vragen maar, ha! Per slot is er maar één plek op deze hele wilde wereld waar ze munitie kunnen krijgen voor standaardwapens, en dat is hier. En dus komt het erop neer dat elk wapen dat we hun zouden geven, uiteindelijk een bedreiging voor ons hier zou zijn. Ergo, heren, het spijt ons, maar nee. Maar nu ik het toch over wapens heb... Er is een man, beste jongen, in Zuid-Barbaria of Zuid-Wildemansland die je misschien zou kunnen helpen, persoonlijk dan. Hij heet... Hij heet... Hè, ik weet het niet meer. Getrouwd met een Tockvrouw. Vroeger de wapenmeester van het Station. Zoek hem op. En nu, nog een lekker drankie?"

De bewoners hier konden nauwelijks woester zijn dan hun eigen ongetemde kust, dacht Ran Lomar toen ze om de Rookkaap voeren. Hij bekeek de zwarte, sombere fjorden door zijn teleziener in de hoop iets te zien van mensen of menselijke activiteit. Maar de rook steeg op uit een massa gebroken rotsen, van waaruit de makers van het vuur konden zien zonder gezien te worden. Pas toen ze een heel eind verderop waren zag hij een van de dingen waarnaar hij op zoek was — een lange, smalle boot, open, de voorplecht hoog boven het water en op de achterplecht een man met een stuurroer. De boot had een korte, stevige mast en een haveloos zeil met een koord eraan dat door een even haveloze jongen werd vastgehouden.

Dat kon hij uit de verte zien, maar na verloop van tijd kwamen ze dichtbij. De Tamme Tocks hadden niet één schip of boot. Maar ook als hij twijfels had gehad was één blik genoeg om duidelijk te maken dat dit geen Tamme Tocks waren. De jongen had met zijn borstelige wenkbrauwen het gezicht van een man, en de man had het doorgroefde en ingevallen gezicht van een oude man, al was aan zijn zwarte haar en rechte rug te zien dat hij dat niet was. Hun vreemde kleren waren oud, maar hadden niet het onmiskenbare gore uiterlijk van de vodden die de Tamme Tocks droegen.

Toen de twee vaartuigen zo dicht bij elkaar waren dat hij dit alles met het blote oog kon zien, zwaaide Ran en riep een groet. De ogen van de man en de jongen in de boot gleden naar hem toe. Maar behalve hun ogen bewogen ze niets.

"Goedgezind," zei de kwartiermeester.

"De marine van Zuid-Tockland, zeker," zei Lomar geïrriteerd.

Dat lange, eenzame vaartuig was aan een bepaald karwei bezig geweest. Misschien alleen vervoer van goederen, heel begrijpelijk als het binnenland even bar was als de kust. Maar toen het kleine schip van het Station verder voer langs de kust passeerde het een aantal andere boten, en dat waren allemaal vissersscheepjes. Niet dat ze ook maar iets vriendelijker waren. En van kaap naar kaap, van rotspunt naar rotspunt, en ten slotte afbuigend landinwaarts, in een route die, besefte Lomar, recht op de kleine havenstad afging, zonder de kust te ronden, stegen de waarschuwende rookpluimen van de seinvuren op.

Na verloop van tijd begon de wind door hem heen te waaien — het was de Koude Tijd — en ging hij benedendeks om te piekeren en te drinken en zijn bescheiden voorraad spullen nog eens na te kijken.

De haven was heel geschikt voor vlotten, catamarans en boomkano's — ze zagen er van alle drie een paar liggen — maar het was niet het soort haven waarin de kwartiermeester zijn schip wilde wagen.

"Misschien komt een bootje je wel halen," zei hij, met een gezicht alsof de discussie daarmee gesloten was.

"En als dat niet gebeurt?"

De kwartiermeester haalde zijn schouders op. "Kun je zwemmen?"

Ten slotte kwam er dan toch een boot, met aan de roerriem een man die de tweelingbroer had kunnen zijn van de man in het eerste Wilde Tocks-bootje dat ze tegen waren gekomen — sluik zwart haar, vierkante kaak, ingevallen en gegroefde wangen en een grimmig, onaandoenlijk gezicht. Maar Lomar keek niet naar hem. Hij staarde naar de enige andere man aan boord. Dit kon alleen maar de man zijn over wie Tan Carlo Harb gesproken had. Hij had wit haar, zat rechtop, en hoewel zijn gezicht ernstig stond, miste het ten enenmale de ingebakken somberte van de Wilde Tock achter hem. Hij droeg wat ooit een Gilde-uniform was geweest, zonder rangtekens, en bijna wit van het vele wassen.

"Gildeman, is er nieuws?" riep hij, en klom aan boord zonder te wachten op antwoord.

"Hallo, Oud Kanon," zei de km, en wees toen met zijn hoofd naar Lomar. "Hij wil aan land komen en een poosje blijven."

De oudere man bekeek hem op zijn gemak en stak toen zijn hand uit. "Jacs Calzas," zei hij. "Vroeger... Laat ook eigenlijk maar. 'Oud Kanon' is best. Het is al een hele tijd mijn naam."

Het schip van het Station — het had geen naam en had ook geen naam nodig, want er waren geen andere schepen om het mee te verwarren — voer elk half jaar het continent rond en bracht de oude man bovendien de inkopen die hij mocht doen bij de Gildewinkel in het Noorden. Het bracht hem ook, op deze eerste tocht na de aankomst en het snelle vertrek van de Q, het beetje post wat er voor hem gekomen was. Het stond kort daarop in de boot, naast Lomars spullen.

"Kom toch mee aan land," zei Oud Kanon dringend. "Drink een glaasje mee. Ik woon hier niet slecht..."

Maar de km schudde het hoofd. Oud Kanon en Lomar gingen zonder hem aan land. Ze waren halverwege land toen Ran eraan dacht om de kwartiermeester vaarwel te wuiven, maar toen hij zich omdraaide, was het schip al verdwenen.

"Om de een of andere reden willen ze nooit langer blijven dan strikt noodzakelijk is," zei Oud Kanon. "Al heb ik er geen idee van waarom." Een droge klank in zijn stem beduidde dat zijn woorden niet helemaal serieus bedoeld waren.

Zwart was de overheersende kleur in heel Zuid-Tockland, leek het wel. In ieder geval de kuststrook ervan. Zwart waren de heuvels waaruit de havenkom uitgehakt was, zwart waren de bomen die zich verbeten vastklemden aan de grimmige zwarte rotsen, zwart waren de paar ineengedoken huizen voor hen, en zwart was zelfs het water waarop ze voortgleden.

"Maar zo bevalt het me, verdomme. Ik woon een eind de heuvels in, bij mijn clan. Eigenlijk is het de clan van mijn oude vrouw. Nee, verdomme! Het is ook mijn clan. Het is een sober, hard, koud bestaan, maar het heeft iets schoons en zuivers, net als een beker bronwater in de vroege ochtend, meteen nadat je wakker bent geworden. Als er geen koorts en vetes waren… Maar er is meer dan genoeg tijd om te praten, meer dan genoeg."

De gammele pier van dunne zwarte stammetjes kwam dichterbij. De smalle zwarte boot gleed over het rimpelende water. Er stonden wat mensen, voor het grootste deel mannen en kinderen, aan wal. De lucht was koud en vochtig en rook naar nattigheid, houtrook en vis.

"Ik heb het beste, liever gezegd, het slechtste deel van mijn leven in het noorden gezeten. Twintig jaar in dat nest van die idiote windbuilen, en ik haatte elke minuut dat ik er zat. Op een dag kwam een troep Wilde mannen naar het Station om handel te drijven. Ze hadden niks van de 'nobele wilde', maar zodra ik ze zag wist ik dat ze echt waren. Ik zou mijn pensioen eraan hebben gegeven voor de kans om meteen met ze terug te gaan. En ik ging er bij de eerste de beste gelegenheid heen en ik bleef komen, zo vaak ik kon. En toen ik met pensioen ging heb ik me hier gevestigd, voorgoed. En hier laat ik me ook begraven."

Het leek er veel op dat ze de pier zouden rammen, maar de peddel plaste in het water, iemand greep het aan land geslingerde touw, net toen het leek dat niemand het zou doen, en ze kwamen stil te liggen aan de voet van een ruwe ladder. Zacht, nadenkend zei Oud Kanon: "Gemakkelijk is het niet geweest."

De Meester Mallardy was al jarenlang langzaam stervende en ontving maar een paar mensen uit zijn eigen huishouden. Maar zijn erfzoon had een hele tijd gehad om de leiding over te nemen, en de affaires van Mallardy Kamp werden met vaste hand in rechte banen geleid. De muren en afscheidingen waren goed onderhouden, de daken en boten lekten nauwelijks meer dan onvermijdelijk was, en uit elk teerzwart huis steeg minstens één draad rook op, en van een paar meer dan één. Dat alle vuurplaten brandden wees in ieder geval op een bescheiden welvaart.

Van hoe de andere huizen er van binnen uitzagen had Ran nog geen idee, maar het huis van Oud Kanon was in ieder geval verre van typisch met zijn mengeling van beschaafde en barbaarse elementen: een Gildedienstbed netjes tegen de muur, een rorkhuid erboven, een kleine kast met boeken en er bovenop twee pieken en een wetsteen, een werktafel met een kleine zonnemotor en wat modern gereedschap, een ontmanteld 'iets', wat dat ook mocht zijn, zo te zien een soort archaïsch vuurwapen, een ruwe schragentafel met een blad met glazen erop. En zo kon je nog een tijdje doorgaan. "Mijn positie hier zou in zekere zin sterker zijn als ik een zoon had in plaats van een dochter," merkte Oud Kanon op, terwijl hij met een korte zucht zijn bagage neerzette. "Maar als ik een zoon had gehad was hij vast en zeker in de een of andere vete verwikkeld geweest, dus ik ben blij dat ik er geen heb. En verder is mijn vrouw naaste familie van de Meester, en dus zou mijn zoon, als ik er een had, een soort erfgenaam zijn en zou er jaloezie van komen. En dus ben ik tevreden met mijn enige dochter, Norna. Het kind van mijn ouderdom. Niet dat ik in mijn jeugd ooit een kind heb gehad. De zaak ligt hier een beetje op zijn gat. Er heerst koorts. Ik wilde Norna meenemen naar het noorden toen ze nog klein was en haar algemene immuniteit laten geven. Maar ze zeiden dat dat niet kon. Ze beschouwen haar als een Tock natuurlijk, verdomme. Maar ach. Ze eet beter dan de meeste mensen hier. Daar zorg ik wel voor. En ze houdt zichzelf en het huis schoner dan de meeste mensen en de meeste huizen, en tot op heden is ze redelijk gezond gebleven. Laten we stoelen naar het vuur trekken, dan worden we weer warm. "

Oud Kanon had een soort kachel gemaakt van schroot, en de kamer was niet alleen warmer dan wanneer er een vuurplaat geweest zou zijn, er was ook geen rook. "Zo," zei Oud Kanon, toen hij een paar stukken hout, wollig van het zwarte mos dat erop groeide in de klep gegooid had. "Wat is jouw probleem?"

Hij luisterde naar Lomars verhaal in een stilte die alleen door mmms en hmmms onderbroken werd. Toen stond hij op en rekte zich uit. "Zullen we gaan eten?" vroeg hij. En wachtte niet op antwoord, maar riep: "Eets!" Bijna meteen daarop werd het gordijn dat in de deuropening hing opzijgeschoven en kwamen twee vrouwen binnen met schalen en lakens. Hij stelde hen voor terwijl ze de tafel dekten.

"Mijn oude vrouw, Sathy. Mijn dochter, Norna. Ga zitten, Ranny." De twee vrouwen leken erg veel op elkaar, met hun witte huid, rechte rug, felle zwarte ogen en zwart haar dat achter het hoofd was samengebonden. 'Oud' als beschrijving van Sathy was eerder liefdevol dan accuraat. Een paar grijze haren, een paar fijne lijntjes bij de ogen en de mond, verder niet.

"Ja, ze ziet er nog goed uit," was Oud Kanons commentaar op de blik van zijn gast. Hij moest Rans gedachten hebben geraden. "Ik heb om te beginnen al een goeie vrouw uitgezocht en ze is mijn vrouw en mijn vriendin geweest. Ik heb haar niet gebruikt als slaaf en lastdier. De anderen, de Wilde Tocks, die jagen een vrouw op en jakkeren haar af tot ze verschrompeld en krachteloos is, en dan zetten ze haar naast de schoorsteen en maken een huisgod en orakel van haar. Het laatste stuk van hun leven is gemakkelijk — 'gemakkelijk' voor dit land dan — als ze tenminste zo lang in leven blijven. Maar in deze zit nog een hoop leven en vuur, hè, ouwe hoela?"

"Stop je eets in je mond," zei de ouwe hoela kalmpjes.

"Nog niet, heiden dat je bent." Hij zei een kort gebed. Toen schepte hij het eten op. Onder de stoofpot, gepocheerde vis en tataplanten, praatten ze over vele dingen. In theorie, en als je aan een romantisch verhaal bezig was, zou de aanwezigheid van Oud Kanon, met zijn veel grotere kennis en technische vaardigheid, tot een soort renaissance onder de Wilde Tocks hebben kunnen leiden. Maar de nuchtere, prozaïsche werkelijkheid was dat zoiets nooit gebeurd was. Oud Kanon had al evenmin iets van de zendeling als alle anderen uit zijn tijd. En zelfs als dat wel het geval geweest was, zouden de mensen in wier midden hij nu leefde daar niet ontvankelijk voor zijn geweest, omdat ze op hun manier even beperkt en bekrompen en star waren als het eerste het beste andere volk. De kleine zonnemotor die hij met zijn eigen geld had gekocht, kon zich op de zeldzame zonnige dagen die Zuid-Tockland kende opladen voor de paar kleine karweitjes waarvoor hij hem gebruikte.

Toen hij wapenmeester van het Station was, was zijn werk onderhoud geweest, verder niet. De abrupte verandering in mentaliteit die had geleid tot zijn beslissing om bij de 'Wilde mensen' te gaan wonen was de enige verandering die hij ooit in zijn leven had doorgevoerd, was waarschijnlijk zelfs de enige verandering waartoe hij in staat was geweest.

Een schimmige traditie van vakmanschap en sociale orde was hier in het zuiden inderdaad blijven bestaan, al maakten de beperkte

Rork!

natuurlijke hulpbronnen van het land en de periodieke vetes en oor-
logjes een groot deel van de wederzijdse hulp die de mensen elkaar nog
konden geven onmogelijk. Het clanstelsel was niet alleen afhankelijk
van bloedverwantschappen, maar ook van het aantal vuurroeren dat
de 'Meester' van elke clan bezat, en de vuurroeren werden gemaakt
en gerepareerd met de paar stukken metaal die de Tocks kregen in
ruil voor roodvleugel; hoeveel roodvleugel ze oogstten hing natuurlijk
in de eerste plaats af van het aantal leden van een clan en van hoeveel mensen konden worden vrijgemaakt van ander werk — groenten
verbouwen, vissen enzovoorts — en van het uitvechten van de vetes.
Met moeite maakten ze zelf houtskool; nitraat of salpeter wisten ze
op een wat onsmakelijke manier te maken met behulp van hun eigen
uitwerpselen, maar zwavel — het derde essentiële bestanddeel van het
primitieve zwarte kruit voor hun 'roeren' — moesten ze kopen van het
Station.

Het Gildestation had geen onbeperkte voorraad en de prijs die
ervoor moest worden betaald was hoog. "Maar je moet niet denken,"
zei Oud Kanon ernstig, "dat ze hun roeren alleen maar zien als instrumenten om de ene clan omhoog te steken en de andere omlaag te
duwen. Als ze roodvleugel gaan verzamelen trekken ze er massaal op
uit, met alle mensen die ze hebben. Dan zijn alle vetes begraven en
gloeit de lont van elk roer en kijkt iedereen uit naar rorks. In deze
heuvels groeit weinig, en daarom moeten ze Rorkland in om het te
halen. En de tol is hoog. Ja, de tol is hoog. Afgelopen jaar is mijn ouwe
vrouw twee neven kwijtgeraakt. Als er meer roeren waren geweest om
hen te beschermen leefden ze nu misschien nog. Het is een nimmer
opdrogende bron van bitterheid, omdat ze heel goed weten dat ze
allemaal van wapens zouden kunnen worden voorzien als het Gilde dat
toestond. Ze zijn bitter, en ze zijn trots."

Zo trots dat ze weigerden roodvleugel te ruilen tegen de afgedankte
kleren van het Station — het enige wat de Tamme Tocks ooit droegen —
en hun eigen kleren maakten, van huiden en soepel geslagen boombast.

"Een paar kunnen zelfs nog lezen en schrijven, wist je dat?"

"Nee," zei Ran verrast, "dat wist ik niet." Niet één Tamme Tock kon
lezen of schrijven.

"Ja. Ze kunnen het nauwelijks betalen, maar als ze komen handelen kopen ze losse stukken papier en schrijven hun eigen geschiedenis op, wat er aan dingen gebeurt en gebeurd is. Ik vind dat heel ontroerend." Door het lezen van deze ruwe 'boeken' was Oud Kanon veel te weten gekomen. Ook dingen over die afschuwelijke periode, de herinnering waaraan al tijden brandde en schroeide, de tijd dat er lange, lange jaren achtereen geen schip was geland op Pia 2 en de voorouders van de Tocks alleen waren geweest, moederziel alleen...

En hadden gevochten en waren verhongerd en doodgegaan.

"Ik heb iets eigenaardigs ontdekt," zei Ran, na een stilte waarin de twee vrouwen elkaar een paar smeulende blikken hadden toegeworpen. "Ik geloof dat de Tamme Tocks me, eh, ja, vereren, of zoiets. Omdat ik van de oude thuiswereld kom, van de Oude Aarde."

Meteen zei Oud Kanon: "Nou, dat zul je hier niet meemaken. Integendeel. Vertel het dus maar aan niemand. Je zou je ermee gehaat maken. Ze geven de Oude Aarde de schuld van de 'lange eenzaamheid' die de hele zaak hier kapot heeft gemaakt. De Oude Aarde heeft ze hierheen gestuurd, de Oude Aarde heeft ze niet beschermd, de Oude Aarde negeert ze. Sommigen zeggen zelfs dat de koorts van de Oude Aarde komt. Zelf weet ik het niet. Ben er nooit geweest. Ik kom van Coulter, al zal ik die zon nooit terugzien, en dat kan me niets schelen."

Hij keek in het rond, naar zijn zwarte huis, zijn uiteenlopende bezittingen, zijn vrouw en dochter, naar het rauwe landschap, verneveld door een lichte regen, dat hij door het open, niet beglaasde raam zag.

"Nee..." En weer zei hij: "Dat kan me niets schelen."

Hij had zogezegd brood met hen gebroken, en later begon Sathy met hem te praten en vroeg hem naar zijn familie: of zijn vader en moeder nog leefden, of hij broers en zusters had, en dergelijke vragen. Toen later die middag het kamp wat tot leven kwam en een paar bezoekers arriveerden, ging ze verder met haar werk. Maar Norna bleef bij hem. Ze ging naast hem op een bank langs een van de muren zitten en wees hem met gedempte stem een paar belangrijke personages aan.

"De Meester Dominis. Baas over zes roeren en twintig pieken. Ja, die grote witbaard. Brengt goeie mannen mee naar het gevecht, goeie mannen in zijn land." Land was het dunbevolkte district waarover hij heerste. Zo ver waren de oude woorden gekrompen. Niemand had op het vuur gelet en in de steeds killer wordende kamer werd Lomar zich bewust van de warmte van het meisje naast zich, en uiteenlopende gedachten en beelden begonnen door zijn geest te spoken. Hij zette ze van zich af. Hij was nog niet op de hoogte van de manier waarop ze hier omgingen met dit soort zaken en hij had weinig zin om tussen de roodvleugel te worden vastgebonden en uit de eerste hand te ontdekken wat de rorks écht aten.

Haar lange haar gleed langs zijn oren toen ze zich weer naar hem omdraaide. "En aan zijn zijde de Meester Hannit, met tien roeren en zevenentwintig pieken. Maar hij beloofde 's twee roeren, of was het drie, aan de Meester Dominis, een of twee jaar terug en daar komen 's moeilijkheden van, zeker, Ranny."

Een boze stem overstemde de anderen. "Dat is onze Meester z'n erfzoon, Jun Mallardy," fluisterde ze. "Hij 's wil me voor 's vrouw, maar ik wil hem niet."

Jun was zo mager als een lat en had een zwarte baard. "Ik weets het," zei hij luid. "We weets het allemaal. Wie is't die liever ne raid houdt dan boeren of vissen? Flinders! Wie is't die ze vuile bek aan ieder oor zet? Flinders! Wie is't die praatjes spuugt en rezooi spuugt? Flinders! Rot-Hel, ja! Flinders breekts wapenstillestand, Flinders is ne rorkei — en wanneer ik hier Meester is zal's ik 'm dat vertel, zellefde. Maar lef mist-ie niet, nee. Zegts, heb hij hier ongelijk aan? Nee!"

Een paar hoofden knikten, andere gingen twijfelend heen en weer; anderen zeiden iets, tegelijk en maakten elkaar onverstaanbaar. Plotseling viel er een norse stilte. Oud Kanon zei op sussende toon een paar dingen. Jun gromde, leek niet erg overtuigd, maar bleef kalm.

"Ik heb een gast. Daar zit hij, naast Norna op de bank," zei Oud Kanon. "Hij heet Ran Lomar en de Gilde-Meesters hebben hem van Buiten hierheen gestuurd om te zien of hij meer roodvleugel geoogst kan krijgen."

Alle ogen gingen naar Lomar, die opstond en zei: "We zouden er allemaal baat bij hebben als —"

De grote witte baard van Meester Dominis priemde naar voren. "Nooit hebben de Gilde-Meesters iets gedaan waar wij baat bij hebben gehad. Ze hebben onze vaders' vaders hier gelaten om grond te vreten en de rorks tot maaltijd te dienen," gromde hij. "Meer roodvleugel, zegt's? Ha! Ze maakt 's medicijn met vleugel, maar geeft ze het aan ons? Nee! En dus gaat ons dood aan de koorts..."

Een instemmend gemompel ging door de groep. "Geeft ze ons roer'n of materjaal voor roeren in ruil voor meer vleugel?" wilde iemand weten die zo jong was dat hij nog geen baard had, maar wiens uiterlijk zó overeenkwam met de ruige wenkbrauwen en de haviksneus van de Meester Hannit dat er weinig twijfel over kon bestaan dat het zijn zoon was. En weer het instemmende gemompel.

Met berekenende tact begon Lomar te praten over manieren waarop de productie kon worden verhoogd. Als de oogsters nu eens de stengels afhakten in plaats van ze mee te slepen? Dan was hun last meer waard en —

De mannen lachten minachtend. "We weets dat de Tamme drollen die 's jullie vuile borden aflikt in het Noorden niet 's het verstand genoeg hebben om dat te doen," zei de jonge Hannit. "Maar wij he't wel. En wij hakken 's wel af. Wat heb je ons nog meer te vertellen, Gildeman?"

Lomar was van zijn stuk gebracht en had op dat ogenblik niets meer te vertellen, en terwijl hij daar zo met zijn mond open stond, draaiden de Wilde mannen zich om. Woedend om zijn eigen onvermogen en hun onbeschaamde onverschilligheid, zo heel anders dan de eerbied waarmee de Tamme Tocks hem bejegenden, voelde hij zich rood worden van ergernis. Terwijl zij samen mompelden en gromden duwde hij het gordijn opzij en liep via het voorportaal naar buiten.

Het kamp — elke Wilde Tock-nederzetting heette een 'kamp' — lag op een heuvel, vanwaar, door een gat in de zich zwart aaneenrijende rotsen naar het zuiden, hij de oceaan kon zien, met de langzaam voortschuivende zwarte stip van een boot erop.

De wind was nat en koud en werd nog kouder. Drie vrouwen kwamen over het pad onder hem gelopen, diep voorovergebogen onder hun lading brandhout; een jongen kwam een lage hut uit met een paar kleine, schoongemaakte vissen aan een stok geregen en liep er een tweede hut mee in. De meeste huizen stonden dicht op elkaar, af en toe raakten twee huizen elkaar bijna. Spichtige, schril gillende kinderen renden door de smalle steegjes, en een halfvolwassen jongen, die Lomar zag kijken, spuwde zijn kant op en veegde zijn mond af aan zijn gescheurde mouw. De 'Wilde' Tocks! Was er hier in het ruige zuiden meer te vinden dan in het saaie noorden? Het leek er niet op. Het leek er helemaal niet op.

Na verloop van tijd kwamen de bezoekers en hun gastheer uit het huis van Oud Kanon, en liepen over het slingerende pad naar de met een palissade afgezette open ruimte om het grootste gebouw in het kamp — het huis van de Meester Mallardy. Een ogenblik later werd de dunne rookveer die uit het grootste rookgat kwam dikker. Een ogenblik later, alsof dit een sein was waarop was gewacht, zweefde een witte vlok uit de loodgrijze hemel omlaag; en toen nog een, en toen was de hele lucht er vol van.

Of het nu was omdat hij het onbekende schouwspel wilde zien of omdat hij zich wilde straffen voor zijn eigen onvermogen, of omdat hij het lot wilde trotseren dat hem en al zijn plannen wilde frustreren, hij wist het niet, maar hij bleef maar staan en bleef maar staan en bleef maar staan. Hij had het vage idee dat hij zou wachten tot het donker was, maar het besef dat de dag op Pia 2 zes uur langer was dan op de Oude Aarde, zijn verre, heel verre thuiswereld, brak zich langzaam baan naar de oppervlakte van zijn ongelukkige geest. En dus, koud en verstijfd en nat en bijna zonder nog weet te hebben van zijn ellende, liep hij ten slotte moeizaam terug zoals hij gekomen was.

Het was laat toen zijn gastheer terugkwam. Hij hing zijn eigen vochtige kleren bij die van zijn gast, die te drogen hingen voor de kachel, en verkleedde zich. Toen, zonder te kijken naar waar Lomar somber piekerend in een stoel zat, zei hij: "Denk je dat roodvleugel het grootste probleem is?"

"Wat?"

"Jij denkt dat meer roodvleugel oogsten het grootste probleem is. Ja toch?"

Lomar fronste zijn wenkbrauwen, knipperde met zijn ogen, geeuwde. "Voor mij wel. Hoezo?" En besefte plotseling dat de stem van Oud Kanon kritisch en bezorgd had geklonken. "Niet dan?"

De oudere man schudde zijn hoofd. Hij ging bij het vuur zitten en zei, alsof hij hardop dacht: "Als ze nou eens te overtuigen waren? Als, zeg ik. Maar wat kunnen ze dan doen? Een expeditie op touw zetten en hierheen komen? Nee. Zinloos. Volkomen zinloos. Zinloos als het lukt, zinloos als het niet lukt. Tussen twee kwaden kiezen. Wat dan? Daar blijven wachten? De krachtvelden in stand houden? Hoelang?"

"Kanon, waar heb je het over?"

Een stuk hout vloog met kleine explosies en laaiende vlammen in brand, eerst blauwe vlammetjes, toen werden de vlammen hoorbaar, rood en oranje en geel. Het doorgroefde gezicht van Oud Kanon werd beschenen door het flakkerende licht.

"Hoelang? Vroeg of laat moeten ze de generatoren een poosje stopzetten. Nee. Nee. Hoe ik het ook bekijk: nee." Hij stond abrupt op. "Hmm. Maar elke dag heeft genoeg aan zijn eigen kwaad, en elke dag moeten we ook eten. Sathy? Norna?"

En hij wilde niet herhalen wat hij gezegd had of erover praten of uitleggen wat hij ermee bedoelde.

"Rorks," zei hij na het eten, terwijl hij een piek en een wetsteen pakte. "In het noorden weten ze niets van rorks. Hier weten we er wel wat van. We kennen ze even goed als we de bende op Flinders Rots kennen. Maar…Ze kunnen praten, jongen. Luister goed naar me. Ze kunnen praten! Nee, niet de Flinders, die bedoel ik niet, de rorks! O, lach maar als je wilt. Ik geloofde het ook niet toen ik het voor het eerst hoorde. Maar het is waar."

Zacht zei Ran: "Je hebt hier al te lang gezeten."

Woede flitste in Norna's ogen toen ze het hoorde. "En ik zegs dat jij hier niet lang genoeg geweest is! Ze kunnen praten! Ze is gehoord! En wat meer is, ze heeft een stad —"

"O, kom nou!" barstte hij uit, half geërgerd, half geamuseerd. "Ik weet wel beter! Ik heb ze zelf gezien en ik heb oude 3D's van ze gezien. Een stad, toe maar!"

Norna's vader knikte, langzaam. "Zeker, dat valt moeilijk te geloven. Mensen hébben ze horen praten. Niemand heeft hun stad overdag ooit gezien, maar de lichten ervan zijn 's nachts gezien van een plek die Tiggy's Heuvel heet, ver in Rorkland. Zo ver wagen de mensen zich meestal niet, maar af en toe wel, als ze roodvleugel verzamelen; en dan kamperen ze op de Heuvel en leggen om de hele heuvel waakvuren aan en houden heel goed de wacht, dat kun je begrijpen. En bij die gelegenheden hebben ze de ramen en straten van een grote stad gezien. Die plek heet de Vlakte van de Lichten. En als het geen rorks zijn die daar leven, en je mag best weten dat ik daar niet zeker van ben, vertel me dan eens wie wel? Mensen? Voor zo'n grote stad zou je heel veel akkers nodig hebben, en er zouden heel veel mensen wonen. Van geen van tweeën hebben wij ooit iets gemerkt. Nee, onderschat de rorks niet, Ranny. Onderschat ze bepaald niet."

Die nacht, slapend op zijn harde, smalle brits, na een hele tijd te hebben gewacht in de (gaf hij bij zichzelf toe) waarschijnlijk zotte hoop dat Norna naar hem toe zou komen, droomde Lomar. In zijn droom stond een enorme, muisgrijze rork een eindje voor en onder hem, het masker een felgele tekening, en sprak tegen hem met zijn hese, brullende en klikkende stem. En wat hij zei was: "Kom hierheen. Kom hierheen. Ik dood! Ik dood!"

"Deze twee zijn neutraal," zei Oud Kanon, terwijl hij een vuurroer optilde en Lomar gebaarde dat hij het andere moest pakken.

Lomar gehoorzaamde en bekeek het wapen nieuwsgierig. "Wat bedoel je?"

"Ik heb ze zelf gemaakt en ze horen niet bij de wapens van de oude man. Ze zijn neutraal als er oorlog komt, bedoel ik. Het zijn alleen jachtwapens, en ik heb in bloed gezworen dat ze nooit op een mens zouden worden gericht, wat er ook zou gebeuren. Dat was een paar jaar geleden, bij de pow-wow van alle clans. Iedereen is er dus van op de hoogte. Dat betekent dat ik er overal mee kan komen, op elke dag van het jaar en dat niemand denkt dat ik kom om te vechten en ik veilige doortocht krijg. Maar het betekent ook dat als iemand me te pakken wil nemen en als een roer op me is gericht, en geladen, en een gloei-ende lont naast het zundgat rust, ik ongewapend ben. Ik kan ze geen van tweeën gebruiken, zelfs niet om me te verdedigen. Ze zijn neutraal, begrijp je."

De lont was een tondel van hout en mos, en brandde slecht. Oud Kanon zei dat hij misschien wel een betere kon maken, maar zich het liefst aan de traditie hield. En bovendien had hij geen zin om het vechten in het Wilde land, toch al een met al te veel enthousiasme uitgeoefende bezigheid, verder te perfectioneren. 's Nachts kon je meestal zien waar een gewapende vijand stond omdat hij vaak zijn lont snel in het rond moest draaien om hem gloeiend te houden en de vonken die in de lucht vlogen zijn positie verrieden. "Om van de stank nog maar te zwijgen," voegde Oud Kanon er ironisch aan toe.

"Ik maak ook mijn eigen kruit," ging hij verder. "Voor een deel om ervoor te zorgen dat het roer niet in mijn handen ontploft. Maar als ze me komen vragen of ik kruit voor ze wil maken zeg ik dat het alleen maar sterk genoeg is voor jachtmunitie en niet voor een oorlog. Ik gebruik die grote ijzeren ballen niet die hier doorgaan voor kogels."

Kruithoorn (eigenlijk een houten flacon) en kogelzak waren traditioneel, gemaakt door een clan-handwerksman die een zekere reputatie had in dit soort dingen. Op de zak was een rip geschilderd, en de woorden — ruw, maar heel leesbaar — "Ik bijts" — en de hoorn was versierd met een gegraveerde rork, en eronder "Hoed u!"

Twee lange poten klapten uit het zware roer omlaag om het te steunen als de schutter knielde om te richten en te schieten; om staande te schieten zou hij drie handen nodig hebben.

Met het archaïsche wapen op zijn schouder en kruit en kogels aan zijn riem voelde Lomar zich iemand uit een oud drama, de Eerste Mensen op Mars, misschien, of De Wraak van Cleopatra. "Ik zou een bijpassende lendendoek dragen," zei hij met een glimlach, "als het niet zo koud was." Maar Oud Kanon glimlachte niet en liet hem de veiligheidsvoorschriften herhalen die hij eerder had gehoord. Ten slotte zei hij dat ze er veilig op uit konden gaan.

"Op wat voor wild jagen we?" vroeg Lomar. Ze waren landinwaarts gegaan, de heuvel af en weg van de zee, en het kamp boven hen was geleidelijk aan uit het gezicht verdwenen achter de zwarte muren. De sneeuw was voor het grootste deel gesmolten en weer was zwart de overheersende kleur. Zwart waren de vochtige bladeren onder hun voeten, zwart waren de stammen van de naakte bomen, zwart was het mos dat in dikke lagen op bomen en rotsen groeide.

"Wat we vinden proberen we te schieten. Springers, boomklimmers, mierenvarkens, die kun je allemaal goed eten, al spreken ze jou misschien niet aan, jongen, gewend als je bent aan de kost van het Station. Dagvleermuizen misschien. Rips... Ik heb nog nooit een rip gegeten, al zijn er mensen die het wel hebben gedaan, geloof het of niet, en blij waren dat ze 'm hadden."

"Rork?" Lomar benoemde het woord dat tussen hen in hing.

"Niet nu; in de Koude Tijd. Ze hebben niet echt een winterslaap, maar het scheelt niet veel. Traag, zwak, op non-actief, begrijp je? Ik heb meegemaakt dat een paar jonge Tocks in de Koude Tijd Rorkland introkken en een jonge rork mee terug brachten. Een heel, heel jonge rork, al zou je zeggen dat het een geweldige prestatie was, zo sloegen ze zich erover op de borst. De Tamme Tocks, dat weet je waarschijnlijk, hebben de klauwen graag als amulet. En de Wilde én de Tamme Tocks hebben het idee dat de tenen, gekookt dan, goed zijn voor de ambitie, zoals de Tamme zeggen. De Wilde zijn eerlijker, die noemen het bronst. Als je de dingen ooit van dichtbij ziet zul je wel begrijpen waarom. Persoonlijk kan het me niet veel schelen, maar soms zijn ze niet helemaal dood als ze ze het kamp inslepen; dan slachten ze ze levend, martelen ze. Dat zie ik niet graag…"

Het terrein begon vlakker te worden. De bomen werden groter. De noten die ze hadden laten vallen lagen overal op de grond, oneetbaar voor mensen, en de in de bomen levende wezens die ze aten moesten naar de grond klauteren om ze te halen.

"Het is een rauw, hard stelletje, die clan-verwanten van je," zei Lomar.

Oud Kanon knikte, haalde zijn schouders op. "Zo zijn ze door de omstandigheden geworden. Je weet eigenlijk helemaal niet wat voor een leven ze leiden. Als je in mijn huis woont krijg je daar geen goed beeld van. Ik leef als een koning. De oude Meester zelf eet niet beter en slaapt niet droger of warmer dan wij. Dus je kunt je voorstellen wat de anderen voor een leven leiden. En Mallardy is nog een van de rijkere clans ook. Elke hap voedsel moet aan deze magere, rotsachtige grond worden ontworsteld, en uit de zee. En die zee zit ook niet bepaald barstensvol vis. Volgens mij heeft meer dan de helft nog nooit van hun leven geweten wat het is om geen honger te hebben, heeft meer dan de helft nog nooit zijn maag vol gegeten. En bedenk nu eens hoe het vroeger was, voor ze zich hadden aangepast, geacclimatiseerd waren geraakt. Toen roodvleugel weer een plant was geworden zoals elke andere plant en geen marktwaarde had omdat er geen markt was. Een lege hemel boven hun hoofd en alleen de grond onder hun voeten. En maar wachten, wachten, wachten, op hulp die nooit kwam. Alle deugdzaamheid moet zijn gestorven. Het was jij eraan of ik eraan, en hard pezen of omkomen van de honger. En dat deden ze. Vechten tegen mekaar, erop of eronder, en hard pezen én omkomen van de honger. En je ziet hun kinderen."

Lomar knikte. Het leek opeens kouder. Hij huiverde. "En dus haten ze ons," zei hij zacht.

"Je hebt er geen idee van hoe ze jullie haten. Jullie, zeg ik. Niet ons. O, Flinders haat me. Maar Flinders haat iedereen. Dat is de Wildste van alle Wilde mensen, de Meester Flinders. Maar de anderen hebben me geaccepteerd. Ze hebben me zelfs gepeild over meegaan met hun raid op het noorden."

Lomar keek naar zijn lont, kon niet zien of er nog leven in zat of niet, draaide hem snel rond tot hij opgloeide en er vonken vanaf vlogen. Hij probeerde in zijn hoofd een kaart te tekenen van de gebieden van de clans. Gemakkelijk was dat niet, want hij had alleen hier en daar stukjes en beetjes opgevangen en die herinnerde hij zich nog maar vaag. Hannit en Haggar en Crame, Dominis, Nimmai, Boylston, Owelly... Hij was door de namen heen, kon zich geen beeld vormen.

"Het noorden? Wiens kamp ligt in het noorden?" vroeg hij.

Oud Kanon blies langzaam zijn adem uit, keek hoe de nevel wegdreef in de ochtendlucht. "Jouw kamp," zei hij ten slotte. "Het Station."

Op de terugweg zaten er een boomklimmer en twee springers in de wildtas. Ze hadden de ingewanden aan een magere, in lompen gehulde heks gegeven die uit het niets was komen opdagen. Lomar, voor zover hij eraan dacht, dacht dat ze weleens van plan kon zijn om ze rauw op te eten.

Voor misschien de honderdste keer vroeg hij: "Maar dat meen je toch niet?"

De ander haalde zijn schouders op. "Zoals je wilt," mompelde hij.

"Nee, ik bedoel, dat menen zij toch niet? Nee toch? Het is een krankzinnig plan."

Oud Kanon zuchtte en schudde zijn hoofd heen en weer. "Natuurlijk is het dat. Is niet elke oorlog krankzinnig? En de Wilde mensen zijn allemaal minstens een beetje krankzinnig en een paar, Florus Flinders bijvoorbeeld, zijn meer dan een beetje krankzinnig. Niet lang geleden voerden hij en Haggar een raid uit op Nimmai's Kamp. Ze werden teruggeslagen. Hij had in ieder geval een soort vete met Nimmai, maar toen deed hij een raid op Owelly, en tegen Owelly had hij helemaal geen vete. Waarom dan de raid? Hij had honger. Owelly had voedsel, en Flinders niet. Gij zult gebrek lijden vóór ik gebrek lijd. Is dat geen vorm van krankzinnigheid?"

De grieven van de Tocks tegen het Gilde lagen diep en waren bitter en oud. Het Gilde had in het recente verleden niets gedaan wat erop gericht was om de Tocks tegen zich in het harnas te jagen. Maar de laatste tijd hadden ze in Flinders een brandpunt voor hun ontevredenheid gevonden. Het Gilde was rijk, zij waren arm. Hoe was het Gilde rijk geworden? Door roodvleugel goedkoop op te kopen en het duur te verkopen. Daarom behoorden de rijkdommen van het Gilde naar de letter van het recht aan de Tocks toe. Het Gildestation had voedsel, het had kleding. Waarom zouden anderen naakt lopen, kou lijden, blootsvoets gaan? En er waren ook wapens.

Er waren wapens.

"Maar... Maar... Luister nou. Ze zien die wapens als buit, maar beseffen ze dan niet dat ze niet alleen door de Tocks, maar ook tegen de Tocks kunnen worden gebruikt?"

Ran Lomar, zei Oud Kanon, argumenteerde rationeel. Hij zou zo langzamerhand toch moeten weten dat mensen hun gedrag lang niet altijd door rationele motieven lieten bepalen. Was Lomar, met al zijn rationele argumenten, in staat geweest om één man van het Gilde tot zijn standpunt over te halen? Nee, niemand. En als beschaafde, hooggeschoolde, bereisde lieden niet bogen voor logica en verstandige woorden, wat kon je dan verwachten van mensen die generaties lang al aan de rand van het barbarendom leefden? Van mensen die geen toekomst hadden, niets leerden, wier geest dof was geraakt door bekrompenheid, honger, bitterheid en een zo verwrongen vorm van trots dat die die naam nauwelijks nog waard was?

Een eenzame dagvleermuis verbrak de eenzaamheid van de hemel. Snel, automatisch, keek Oud Kanon ernaar, zijn vingers tastend naar zijn vuurroer. Toen viel zijn blik weg, en ook zijn vingers. De scherende, fladderende, onberekenbare vlucht van het dier maakte het een moeilijk doelwit. De droevige kreet streek vaag en dun langs hen heen. Toen verdween het dier.

"Heb je gehoord of gelezen over een telescoop, jongen? Een archaische vorm van een televiener. Als je door de goeie opening keek — hij was alleen voor één oog — dan leken kleine dingen natuurlijk groot. Maar als je er aan de verkeerde kant door keek, dan leken zelfs grote dingen klein. Jij en de Wilde mannen kijken door twee verschillende einden. Jij ziet de situatie als een handjevol Tocks tegen de hele Melkweg. En zij zien hem als duizenden Tocks tegen een handjevol Gildemensen. Hebben ze dan geen besef van de aantallen mensen Buiten, van de macht van de wereld Buiten? Nee. Dat hebben ze niet. Hoe kunnen ze ook? Er is er niet één ooit Buiten geweest. Ze hebben niet meer dan alleen het Station gezien. Om de vijf jaar komt er één enkel schip. Je kunt tegen ze aanpraten tot je tanden zeer doen, net als ik heb gedaan, net als ik heb gedaan, maar dat heeft geen zin. Misschien geven ze toe dat er een paar, maar wel héél weinig, werelden bewoond zijn, behalve deze en de Oude Aarde. Maar ze kunnen zich niet voorstellen dat ze dichter bevolkt zijn dan Pia 2. Het Q-schip is geen oorlogsschip, dat weten ze. Ze denken dat aankomst en vertrek van de Q een soort natuurlijk gebeuren is: de Q kan niet langer dan vijf jaar wegblijven, net als de zon niet kan opkomen of ondergaan in minder dan de haar toegemeten tijd. En dus denken ze: als we het Station nu eens aanvallen. Dat veroveren we in elk geval. De Q komt. Misschien veroveren we de Q. Maar ook als ons dat niet lukt, duurt het jaren voor hij terugkomt. Tegen die tijd zijn we onaantastbaar. En verder hebben we toch alle roodvleugel in het heelal? Het Gilde zal nieuwe contracten af moeten sluiten. Zo zien ze de hele toestand."

Zwijgend liepen ze verder. Duizend gedachten spookten door Lomars geest. Moest hij nu weggaan en het Station waarschuwen? Nee, onmogelijk. Het zou weken duren voor de boot terugkwam. Misschien slaagde een verrassingsaanval wel. Plotseling besefte hij geschokt dat zo'n aanval heel goed zou kunnen slagen. En zelfs als hij op tijd terug was in het noorden, zouden ze hem dan geloven? Hij wist dat hij er niemand ooit van kon overtuigen dat zo'n bedreiging bestond. Wat dan? Op eigen gelegenheid ontsnappen? Lindel en misschien een paar Tamme Tocks overreden om mee te gaan? Een vlot bouwen (de fantasieën uit het verleden kwamen weer terug, sterker dan ooit)? Proberen een ander continent of eiland te bereiken?

Als dat nu eens lukte — en het was een grote als — wat dan? Leven als de eerste generatie van de voorouders van de Tocks, met het voor- uitzicht dat hun kinderen op dezelfde wijze zouden degeneren?

"Wanneer…" Zijn stem klonk zacht en schor, en hij schraapte moei- zaam zijn keel. "Wanneer zijn ze van plan aan te vallen?"

"O," zei Oud Kanon, bijna onverschillig, "ze hebben geen plannen. Nog niet. Het is alleen maar praat, vuursteenpraat. Maar het gepraat begint wel steeds luider te worden. Misschien is de voornaamste fac- tor die er tegen pleit —" hij bleef staan, fronste zijn voorhoofd en schudde zijn hoofd "— tot op dit ogenblik, in ieder geval, dat ieder- een weet dat het een idee van Flinders is. Niemand mag Flinders. Niemand vertrouwt…" Weer bleef hij staan, zijn stem stierf weg, en weer fronste hij zijn voorhoofd. "Als je het over de duivel hebt…" mompelde hij. "Ik zou kunnen zweren dat ik Flinders' stem hoorde. Stil!" zei hij abrupt.

Lomar, die niets had gezegd, bleef zwijgen. Ze bleven stil staan en luisterden. Eerst kon Lomar niets horen, alleen af en toe het zachte *pit-pit-pit* van de opnieuw vallende sneeuw tegen de boom achter hem. Toen draaide de wind en hoorde hij stemmen. Hij kon niet zeggen hoe- veel, maar er bovenuit, meegevoerd met de steeds veranderende wind, nu eens goed hoorbaar, dan weer verwaaiend, wegstervend, onhoor- baar, en plotsklaps weer bijna verstaanbaar, één stem, luid, luid, luid.

"Het is Flinders. Wat doet hij — Ranny! Denk eraan. De roeren zijn neutraal! Laad ze niet, richt ze niet, schiet er niet mee, dat laatste zeker niet als je wilt dat jij en ik blijven leven."

Voor Ran antwoord kon geven zag hij de troep mannen die door het bos voor hen kwam. En op hetzelfde ogenblik werden zij gezien. Een paar mannen van Flinders lieten zich meteen op een knie zakken, klap- ten de steunpootjes van hun roeren uit en bliezen op hun lont. "Hebs je!" riep Flinders, terwijl zijn stoppelgezicht zich in een onaangenaam lachje spleet. "Hebs je, zeg 's ik!"

"Dat weten we," antwoordde Oud Kanon, terwijl hij naar Flinders toe liep. "Je kent me, Meester. Ik bedrieg nooit iemand."

De leider van de clan stak zijn bovenlip naar voren. "Zegs 'ik bedrieg 's nooit iemand.' Probeers, en we schiet kogels in je. Als je niet bang is van kogels —" zijn hele mond drukte zijn leedvermaak en triomf uit

"— dan hes we wat je bang maakt zal!" Zijn mannen grinnikten. "Strip! Hierheen. Hierheen."

Flinders' erfzoon, een jonge versie van zijn gemeen-uitziende vader, kwam naar voren. En naast hem, haar handen vastgebonden, een kort touw tussen haar voeten, haar lange zwarte haar uitdagend naar achteren gooiend, liep Norna.

Oud Kanon kreunde, fluisterde haar naam. "Sathy. Is ze... Is je moeder... Kind?"

Het gebeurde allemaal heel vlug.

Hij had zijn hand uitgestoken naar zijn dochter, zonder te denken aan het vuurroer dat vlak op zijn schouder lag. Het gleed weg, hij probeerde het snel te grijpen, twee roeren brulden, Norna gilde, Lomar schreeuwde, mannen riepen tegen elkaar, en Oud Kanon zakte in elkaar en viel op de grond.

Flinders schreeuwde, vloekte. "Een losgeld weg! O, jullie hoerenkinders, o, jullie rorkeieren! Wat levert 's hij dood op?" Hij schopte naar de nog steeds knielende, met open mond toekijkende schutters, en ze krompen ineen en beschermden hun gezicht met hun handen. Norna gilde, rende naar voren, struikelde door het touw waarmee haar enkels aan elkaar zaten en zou gevallen zijn als Strips snelle hand er niet geweest was. En Lomar knielde ongelovig neer en probeerde het bloedende lichaam van zijn gastheer te bewegen. Maar de Meester Flinders had gelijk gehad. Oud Kanon was dood. Maar blijkbaar was het de bedoeling dat hij, dood, in ieder geval genoeg opbracht om het meenemen van het lijk de moeite waard te maken. Eerst gaf een rij felrode stippen in de sneeuw zijn spoor aan. Maar het werd kouder, kouder en het bloed stolde. Norna huilde en jammerde terwijl ze mee werd getrokken, en Lomar, ook vastgebonden, slofte dof achter haar aan.

Rechts en links werden ze bewaakt door roerschutters. Zo marcheerden ze door de sneeuw, die het zwartbemoste landschap aan hun ogen onttrok, hun lonten en hun adem rokend in de koude grijze lucht.

HOOFDSTUK 4

Langzamerhand begon het gezicht van de Meester Flinders zijn normale kleur terug te krijgen — rood met paarse wangen, gele vlekken om de ogen, vuilgrijs bij de grove neus, de neerhangende lippen loodblauw. Hij wreef uiterst tevreden over de stoppels op zijn kaken.

"Geen slecht werk voor 's een dag, Strippie," zei hij.

"Nee, pa. We hebs twee roers erbij, hie!" grinnikte de erfzoon.

"Pis," zei zijn vader kort en zwaaide met zijn behaarde armen. "We hebs meer 'n dat, zegs ik. Hoors." Hij begon af te tellen. "Hebs de mooie stuk hier." Hij gebaarde naar Norna, en voegde er de waarschuwing aan toe: "Niemand 's stopt 'm d'rin, hoors! Jun Mallardy betaalt me drie roers en pieken en hakken en kruit en kogels — mm, en eets erbij! — voor d'r. Dus niemand stopt 'm in d'r, hoors je, vuile rorkeiers? Hoors! Jun wilts 'r heel terug. Eersts. En wat is tweeds, zegt jullie? Nou, tweeds is die stijve daar. Ouwe Sathy geefts alles in d'r huis, anders wordt 'm rorkevoer. Het is goed koud, en hij blijfts wel goed totdan. Da's tweeds. En wat is derds? Strip, zeg wat is derds?"

Strips mond bleef openstaan, maar hij kon niet bedenken wat 'derds' was.

"O, jij springerspiel!" snauwde zijn vader geërgerd. "Wat is in je hoofd? Gekookt tatameel? Derds is de Gildedrol die daar over 's eigen voeten loopt te struikelen! En, jong, wat losgeld 's krijgt ons voor hem? Hee? Zegs het, zegs het! Mannen?"

Alle leden van zijn clan begonnen tegelijk te praten. "Roers! Roers en dings voor roers!"

"Kogels!"

"Zwavel!"

"Metaal!"

"Gildewapens!"

"Eets!"

De Meester Flinders knikte, grinnikte, zijn kleine, sluwe, waterige oogjes bijna onzichtbaar in de gele stukken huid, grinnikte en knikte. "Alsemaal," zei hij, wachtte even om zijn keel te schrapen en een fluim uit te spuwen. "Alsemaal, en meer, zegts ik."

Zijn vazallen konden het zich nauwelijks indenken. "Meer?" riepen ze verbaasd.

Hun leider knikte weer, wreef zijn handen over elkaar en krabde onder zijn arm. "Denks! Hoeveels de keer dat een Gildeman is gegrepen voor losgeld? Daar vindt ze zich, o, zó groot, hee? Alls voor hullie en voor ons, wat? Pis en korsten. Zacht is ze, zachter dan de mooiplek van een vrouw. Knijps en ze huilen. Maar de rorkeieren ga ik knijpen voor deze hier. En betalen zullen ze." Zijn stem werd zacht en grimmig. "O, wat zullen ze betalen."

Lomar, gekweld door zijn pijnlijk strak zittende boeien, had zo zijn twijfels of hij en zijn vrijheid zoveel waard geacht zouden worden. Ongetwijfeld zouden velen op het Station blij zijn als ze van hem af waren. Maar hij vermoedde dat hij toch wel een beetje op de steun van Tan Carlo Harb kon rekenen. En anderen, Lindels vader bijvoorbeeld, zouden hem wel goedgezind zijn. Zeker, er was geen precedent: er was nog nooit een Gildelid gekidnapt door Wilde Tocks. Maar het was niet waarschijnlijk dat het vaak gebeurde. En als ze niet betaalden (resoluut zette hij de gedachte uit zijn hoofd aan wat de kidnappers zouden kunnen doen als het Station weigerde over de brug te komen) dan zouden ze hun kostbare image minstens evenveel schaden als wanneer ze wel betaalden.

Hoe dan ook, er was niets wat hij er hier en nu aan kon doen.

Het was zwarte nacht voor ze stilhielden; hun schuilplaats in de nu gestaag hoger wordende heuvels was een grot, waar een brandend vuur hen verwelkomde. Er waren bewakers, en er was voedsel. Niet veel, al zorgde de Meester Flinders er wel voor dat de gevangenen evenveel kregen als de anderen.

"Jullie laats ze d'r kleren aanhouden, hoors!" waarschuwde Flinders. "Zij, omdat 's Mallardy's erfzoon het niet zou willen. En ik wils 'm aan onze kant, hoors? De ouwe Meester zal gauw sterven. Heeft lef, Jun. En dat rorkei van het Gild' ook niet. Zwak mannetje is't en ik wils hem niet zieks of doods."

Hij maakte zich zelfs zo bezorgd om hun welzijn dat hun boeien werden losgemaakt. Hij zei dat ze hun polsen en enkels moesten wrijven om de bloedsomloop weer op gang te brengen en hij schopte twee mannen van de vuursteen om plaats voor ze te maken. Bewakers stonden in de smalle doorgang tussen de kou en de duisternis buiten en de grote hoofdgrot. Geen dak was zichtbaar in een duisternis die alleen werd verlicht door de springende vlammen. Nu en dan stond iemand op, en deed zijn behoefte, luidruchtig, of ging gewoon op de grond liggen en viel in slaap, meestal nog luidruchtiger.

Ten slotte boerde de Meester Flinders, volgde het onverschillige voorbeeld van zijn ondergeschikten en maakte aanstalten om te gaan slapen. "Is geen uitweg aan de achterkant," zei hij. "Kijks maar als je wilt." En even later voegde zijn schorre gesnurk zich bij dat van de anderen. Het laatste wat Ran zich de volgende ochtend nog herinnerde was Norna, rechtop, haar armen om haar knieën, haar haar langs haar betraande gezicht, haar ogen op het stervende vuur gericht.

Het vuur werd de volgende ochtend even tot leven gebracht. Muf ruikende gesmolten sneeuw werd uit een vuile kom gedronken, en verder kreeg iedereen een handvol gedroogde — ja, wat was het eigenlijk? Ran voelde er niets voor om al te diep op die vraag in te gaan. Voor zover het smerig uitziende spul ergens naar smaakte, smaakte het goor. De pisbrigade hield zijn gebruikelijke oefening en dit keer haalde Ran in gedachten zijn schouders op en deed mee — fijngevoelig (en als enige) met zijn rug naar de anderen toe. Ze werden weer geboeid en toen trok de troep weer verder.

Zijn schoenen waren stevig en zijn benen waren sterk, maar zelfs bij zijn tocht met Rango (Rango! Wat zouden de Tamme Tocks doen, en wat zou met hen gedaan worden als het tot een aanval op het Station kwam?) had hij niet zo'n hoog tempo aan hoeven houden. De twee rijen mannen bleven het moordende tempo aanhouden, ook toen hij begon te struikelen. Een man aan elke kant pakte hem beet met een arm die uit niets dan botten en spieren bestond en hielp hem om de rest bij te houden. Norna hield hen gemakkelijk bij, en haar ogen weken zelden van het lijk van haar vader, meegedragen op een ruwe baar van stokken en touwen.

Lomar had geen weet meer van hoe laat het was. Pia Sol was nu en dan zichtbaar, een vage rode bol in de parelgrijze, duifgrijze, loodgrijze hemel; soms verdween hij met de wisselende schaduwen en door de nu en dan vallende sneeuw. Daarom had hij er ook geen idee van hoe ver ze gekomen waren toen — niet een schreeuw, zelfs zijn ontvoerders hadden daar geen adem meer voor — maar een door elkaar opklinken van stemmen hem zijn voorover geknakte hoofd deed opheffen.

Iemand porde hem in zijn ribben met de steel van een piek en toen hij opkeek, wees de ander met de punt van de piek naar voren en naar links. Een grote hoop rotsblokken was even boven het pad opgestapeld. "Wat is dat?" vroeg hij, onmachtig om na te denken, zijn tong dik en zijn mond smerig, zijn longen verschroeid door de ijskoude lucht.

"Dat is het scheidpunt," zei de piekenier. "Flinders' Land nu…En denks daaraan, lummel! Hij die daar kijkt —" hij gebaarde wat gerichter, alsof hij de piek neer wilde zetten "—vergat 's dat." Een schim van geel en wit, en drie zwarte gaten schoot voor hem langs en verdween toen hij met een ruk meegetrokken werd. Opeens werden zijn gedachten wat helderder en nam wat hij gezien had scherpere contouren aan: het was de schedel van een mens, zonder onderkaak, half bedekt met sneeuw.

Hier en daar was aan een vierkante meter grond, als de sneeuw er door de wind was afgeblazen, te zien dat er gewassen verbouwd werden. Aan deze schaarse stukjes en beetjes grond ontworstelden Flinders' mensen hun schaarse voedsel, als ze dat niet uit de mond van andere clans roofden. De twee rijen werden één rij die zich omhoog slingerde, de helling op, over de kam van de heuvels heen. En toen klonk iets tussen een zucht en een kreun op, en zelfs Lomars hoofd schoot achterover en hij zei: "O…"

Een massa naakte zwarte rots, gebroken, messcherp, met hier en daar plekken sneeuw, rees omhoog uit de hellende grond. En omhoog. En omhoog. En omhoog.

Het was niet helemaal een berg.

"Flinders Rots," zei de piekenier. Hij maakte een grimas, slikte. "Thuis," zei de piekenier.

Hij zag het kamp niet van onderen, wist niet dat hij er bijna was, tot het opeens voor hem opdook. Opeens was er niet langer alleen rauwe rots om hem heen, en zag hij niets dan hemel. Niets dan hemel. En toen nog een bocht om, dit keer een stukje naar beneden, en de vrouwen kwamen uit het armoedige fort om hen te begroeten.

Dat gebeurde eerst in stilte. Toen de Meester zei: "All's leeft," barstten de vrouwen los in geluid en beweging, en zelfs zijn oude moeder wierp haar broodmagere armen omhoog en hief haar klauwvoeten op in een afschuwelijke parodie van wat ooit — God wist hoelang geleden — een dans was geweest. Maar het lawaaierige onthaal duurde maar kort, de lucht was koud, en na een paar formele, rituele oefeningen werden de piekeniers en vuurroerschutters weggestuurd om met hun tijd te gaan doen wat ze wilden. En dat, begreep Lomar uit de grove grappen, was even snel en ruw hun vrouwen te pakken nemen en dan om hun vuurstenen gaan zitten praten, en dromen over voedsel en buit, en krabben waar het jeukte.

Overwinnaar, clanleider, op zijn eigen gebied — dat was de Meester Flinders nu, en hij wist zich her en der wat brokstukken te herinneren van wat door de traditie aan beleefdheid werd verlangd. De gevangenen — niet dat er een gevangenis was — waren zijn gasten. De boeien om hun handen en voeten werden losgemaakt. De poort van het kamp werd bewaakt. En bovendien, waar konden ze heen in deze wildernis van rots en sneeuw? Een dochter en een jongere zoon kregen opdracht om ze te bewaken. Norna kreeg de twijfelachtige eer dat ze de zure lappen van de oude moeder mocht delen, en voor Lomar werd een pels uitgespreid, niet al te ver van het vuur.

"Ik vind het zo erg voor je," zei hij tegen Norna, de eerste keer dat ze samen even alleen konden zijn van de horden clanleden die door het huis liepen om de gevangenen te bekijken en zich te koesteren aan de gedachte dat ook zij een aandeel kregen van het rijke losgeld.

Ze boog haar hoofd even wat dieper voorover, en keek hem toen aan. "Hij is in het kruitmagazijn gelegd," zei ze. "Het is er droog. Ze zeiden dat ze hem geen dek konden geven, maar ik denks dat hij dat niet nodig heeft, nu."

Hij knikte en mompelde iets over haar vaders liefde voor het Wilde land en dat hij hier begraven had willen worden, en ze huilde even. Toen klonken weer stampende voeten en luide stemmen. Ze wendde haar gezicht af, en toen hij weer naar haar keek was ze trots en kalm. De Meester Flinders liet zijn gedachten gaan over de inhoud van zijn losgeldbrieven, en over de manier waarop die dienden te worden geformuleerd. De berichten aan Jun Mallardy en Sathy waren niet zo'n probleem; van die clan verwachtte hij mettertijd wel onderhandelaars. Maar hoe moest hij contact opnemen met het Station? En wat moest hij het Station laten weten?

De kunst van het schrijven was een van de geheimen die de Meester nog nooit had trachten te ontsluieren, maar hij had wel één man waarvan iedereen vermoedde dat hij enigszins vaardig was in lezen en schrijven. Of hij had ze zich in het begin al niet zo goed eigen gemaakt of de jaren dat hij er geen gebruik van had gemaakt hadden zijn beheersing van de stof wat minder gemaakt dan ideaal zou zijn, of misschien gaf hij wel niet graag in het openbaar van zijn kunde blijk; hoe het ook zij, het duurde geruime tijd voor hij kwam, en zijn meester vloekte hem duchtig uit toen hij eindelijk verscheen.

De wijsgeer kromp ineen en haalde zijn schouders op en veegde zijn neus af aan zijn vuile mouw. Eindelijk luwde de storm van toorn en mocht hij aan de tafel gaan zitten, van het blad waarvan zoveel mogelijk vuil en vet was afgeveegd (met dezelfde mouw). Hij legde wat vergeelde, smoezelige stukjes papier neer, spuwde in het stuk aardewerk dat hem tot inktpot diende, sneed nogal onhandig een rietpen, zette zijn ellebogen op tafel en liet door zijn gelaatsuitdrukking blijken dat hij klaar was om zijn kunsten tentoon te spreiden.

Maar dit was geen zaak die in één avond te regelen viel. De Meester verkeerde duidelijk in heftige tweestrijd: vroeg hij nu te weinig of vroeg hij te veel? En ten slotte besloot hij (en werd daarin gesteund door zijn volgelingen, die zich verdrongen om de ongelukkige klerk, die alles letter voor letter had opgeschreven, traag en onhandig) dat hij eerst "beters most nadenken".

Rot-Hel, ja!

Hij dacht er een paar dagen over na, terwijl Ran en Norna, samen of alleen, het hele vuile kamp bekeken, en binnen de muren alle mogelijke vrijheid genoten. Die muren waren in niet al te beste staat, maar daar maakte niemand zich zorgen over, want de Rots zelf was muur genoeg, en meer dan dat. Lomar zag ietwat geamuseerd dat de bewakers zich evenveel zorgen schenen te maken om Norna's maagdelijkheid als om hun mogelijke ontsnapping.

De gedachte die het eerst in hem opkwam, die derde of vierde nacht, toen hij wakker werd met haar hand over zijn mond en haar haar langs zijn gezicht strijkend, was dat ze besloten had die maagdelijkheid eraan te geven. Maar die hoopvolle gedachte misleidde hem maar heel even. Een zwakke, doffe gloed van het vuur op de haardsteen in het midden van het vertrek, zorgeloos, typisch voor Flinders' clan, over een groot oppervlak uitgespreid, zodat het al te snel opbrandde, verlichtte niet veel. Maar het was licht genoeg om te zien dat Tig Flinders, de jongste zoon die hen moest bewaken, aan dat werk de brui gegeven had en zijn slaappels had meegenomen. Flarden ruw gelach en grappen kwamen in zijn geheugen boven; de jongen had ergens een liefje zitten en had kennelijk bij zichzelf gezegd dat Lomars aanwezigheid hem niet langer bij haar vandaan zou houden. En wat zijn zuster betreft: een luid sopraan-gesnurk maakte duidelijk dat noch de haar opgedragen taak, noch haar ongelukkige houding haar van een gezonde slaap afhield.

Lomar stond op. Norna gebaarde dat hij zijn pels mee moest nemen, net als zij de hare meegenomen had en hand in hand slopen ze de kamer uit. Bij de deur aarzelde hij even, want die piepte abominabel als hij werd opengedaan. Maar aan dat probleem had Norna gedacht. Ze had onder het voorbijgaan een visolielamp van de tafel gepakt en nu goot ze de inhoud over de grendels. Ze wachtten even tot de stinkende vloeistof in het mechanisme was doorgedrongen. Toen tilden ze de zware balk op waarmee de deur vergrendeld zat en gleden geruisloos de nacht in.

Er waren zeker streken op de Oude Aarde, duizenden en nog eens duizenden vierkante kilometers, en hier en daar was Ran zelf geweest, waar het kouder was en de sneeuw dieper lag dan ergens in Zuid-Tockland. Maar toen hij daar was, was hij gekleed geweest in verwarmde kleren die hem tegen de kou hadden beschermd, en was een snelle beweging van zijn duim niet eens nodig geweest, omdat de minuscule thermostaten afgesteld waren op de temperatuur die zijn lichaam nodig had. Verder was hij daar altijd in het gezelschap van heel veel anderen geweest, en waren dat uitjes geweest, zoals skiën, bobsleeën, soms alleen maar een sneeuwballengevecht. Zo onbelangrijk waren daar tijd en afstand. Natuurlijk had hij er vroeg of laat genoeg van gekregen, van alles, de gedwongen camaraderie, de verplichte onderlinge wedijver, de hele toestand...

Maar nog nooit had hij de kou zo gevoeld als nu, terwijl hij op de tast over het smalle pad omlaag liep langs de Rots, glibberig van de sneeuw, zijn lichaam beschermd door niets meer dan gewone winterkleding en een versleten slaappels. Er was geen licht, zelfs niet van de sterren, want die werden door de wolken aan het gezicht onttrokken, en ze durfden ook geen licht te maken, want ze wisten niet of hun ontsnapping niet elk ogenblik kon worden ontdekt.

Ze waren alleen met elkaar. En nu was het geen uitje.

Het was bijna dageraad voor ze de voet van de Rots bereikten. Hij was er niet zeker van, toen hij er later over nadacht, of hij nu werkelijk iets had gehoord of zich gewoon had omgedraaid en instinctief omhoog gekeken had. Hij had een verre kreet menen te horen, maar misschien was die alleen maar in zijn eigen brein geslaakt. En hij kreeg nooit zekerheid over wat hij zag, als hij iets gezien had, want Norna had niets gezien en niets gehoord. Maar toen was hij er zeker van dat na het geluid een licht was verschenen, flets en verstrooid, ver, ver boven hen.

Een licht dat zou kunnen zijn gemaakt door iemand die een vuurroerlont in het rond draaide.

Maar het had ook alleen zijn verbeelding kunnen zijn, of oververmoeidheid van zijn ogen, nog verergerd door het onophoudelijke getuur door de gevaarlijke duisternis.

Toen het eindelijk licht werd, zei Norna dat rennen geen zin had tot ze vlakker of in ieder geval begaanbaarder terrein vonden, bij voorkeur terrein waar geen sneeuw lag. Tussen rotsen zouden ze kunnen struikelen. Een verwonding zou heel goed dodelijk kunnen blijken te zijn: hoe ver kon hij haar dragen, of zij hem? Misschien zouden ze dan opnieuw gevangengenomen worden na verloop van tijd wel als een zegening gaan beschouwen. Hij bewonderde haar gezonde verstand en hield een veiliger en minder uitputtend tempo aan.

Het was ook Norna die aan leeftocht gedacht had. Ze had voedsel gestolen uit de mager voorziene provisiekast van de Meester, en had ook een kooltje vuur bij zich in een schelp die weer in modder en mos was verpakt (af en toe verving ze dat met het droge mos dat ze onderweg vonden); het was Norna die bepaalde struiken aanwees waarvan het hout zonder rook brandde. Het was te vroeg om een vuur aan te leggen, maar de schelp ging van hand tot hand en hield hun vingers warm. Alleen, besefte hij, had hij weinig kans gehad om op vrije voeten te blijven. Het viel nog te bezien wat voor kans ze samen hadden.

"Zullen we proberen de kust te bereiken?" vroeg hij.

Ze schudde haar hoofd. "Er is daar geen pad dat lang doorloopt."

Vroeg of laat (en hoogstwaarschijnlijk vroeg) zouden ze door de rotsen landinwaarts gedwongen worden. Er was geen gemakkelijke route. Haggars land was het dichtstbij, maar Haggar was een openlijke bondgenoot van Flinders en had hem bij zijn laatste raid vergezeld. Ze durfden het er niet op te wagen om door hem of zijn mensen te worden gezien. Maar als ze de onbewoonde hoek van zijn land doorstaken kwamen ze terecht op Owelly's land, en dicht in de buurt, want het hoekland was niet groot, liep ook het land van Nimmai. Beide Meesters zouden hun ongetwijfeld een vrijplaats geven of hen anders naar iemand brengen die dat wel deed.

"En ze houdt niet van Flinders, geen van de twee."

Zo redeneerde ze, en haar redenering was heel logisch. Maar blijkbaar was Flinders tot dezelfde conclusie gekomen, want halverwege de ochtend slaakte ze plotseling een kreet. Voor hij kon reageren, iets kon zeggen, had ze hem bij zijn arm gepakt, en samen draaiden ze zich om en renden terug, het bos in waar ze net uitgekomen waren. Daar, voor het ogenblik veilig voor spiedende blikken, keken ze naar de rotskam waarheen ze op weg waren geweest.

Een rij minuscule zwarte figuurtjes liep eroverheen, twee aan twee naast elkaar.

"Flinders," fluisterde Lomar.

"Misschien. Of misschien Haggar. Als het Haggar is dan heeft Flinders hem gealarmeerd. Maar ik denks dat het waarschijnlijk Flinders is, want als hij Haggar om hulp vraagts moet hij de losprijs met hem delen. En dat wenst Flinders natuurlijk niet, begrijp je, Ranny?"

Zijn hand tastte naar zijn teleziener, maar die had hij natuurlijk niet bij zich. Het bevel dat hij niet mocht worden uitgekleed had hem beschermd tegen beroving, maar hij had hem de eerste nacht voor het slapen afgedaan en hem in een spleet in de muur gestoken en gehoopt dat Tig niet wakker was en het zag. Voor zover hij wist was het instrument daar gebleven.

Voor zover hij wist! Want als Tig het wist, als Tig het overgebriefd had, als er in Flinders' clan een man was die had ontdekt hoe je ermee om moest gaan, dan waren hij en Norna er erger aan toe dan ze hadden gedacht. En dus vertelde hij het haar. Ze zuchtte.

"Laat ons hopen dat ze hem niet hebben, of niet weten hoe ze hem gebruiks. We moet in de bossen blijven, veel we kunnen, zelfs als —" Haar stem brak, en voor de eerste keer zag hij iets — was het angst? Niet helemaal. Wanhoop? Nog niet. Ontzetting.

"Norna?"

"Zelfs als..."

"Vertel eens."

Ze keek hem recht in de ogen en zei: "Zelfs als we dan Rorkland in moeten."

Een onwillekeurig, geschrokken "O!" ontsnapte hem. Hij zei tegen zichzelf dat het de kou was die hem aan het rillen bracht. Hij zei nog eens tegen zichzelf dat de oude gegevens betrouwbaarder en authentieker geacht moesten worden dan de legenden van later, want de mensen die het Station bemanden waren te onverschillig, en zowel Wilde als Tamme Tocks waren zo dom dat je niet kon geloven wat ze zeiden. En toch, opnieuw, zonder dat hij het wilde, kwam uit de diepten van zijn geest en ziel dat "O!" en spatte van zijn verstijfde lippen.

En weer huiverde hij.

Norna zei: "We hebben geluk dat het de Koude Tijd is. De rorks krijgen nu een nieuwe huid."

"Ja, dat weet ik," mompelde hij, en sloeg zijn armen tegen zijn borst om warm te blijven. Het was fortuinlijk. Iedereen was het erover eens dat in de Koude Tijd de rorks traag waren, niet gevaarlijk. Of in ieder geval niet zo gevaarlijk als anders. De Tamme Tocks, met een corrupte woordenschat waarin het woord of concept 'moed' nauwelijks voorkwam — waagden zelfs de Tamme Tocks zich in de Koude Tijd niet

Rorkland in? Ja. Natuurlijk. Maar dat deden ze dan wel in één grote groep, en vaak vergezeld door gewapende Gildeleden. Ze gingen niet alleen, of getweeën, met als enige bescherming hun handen en voeten en intelligentie. Nee.

Het had geen zin om net te doen of hij niet bang was. De rorks waren te anders, veel en veel te anders, en de bemoedigende rapporten waren van te lang geleden en de angstaanjagende rapporten te recent. Nee, bang was hij. Met de duivel die je kende was je beter af. Hij draaide zich naar haar om om haar te vertellen dat het het beste was als ze teruggingen. En zij keek hem recht in de ogen en zei: "Ik zal niet te bang zijn, omdat jij bij me is."

Zijn open mond klapte dicht en zijn advies om terug te gaan bleef onuitgesproken. Tan Carlo Harb, wat voor redenen hij ook zou hebben (en Lomar wist dat die redenen niet honderd procent goed en niet honderd procent slecht zouden zijn) zou in ieder geval wel iets geven om zijn ondergeschikte vrij te krijgen. Niet de dingen die Flinders wilde hebben, natuurlijk, maar genoeg. Vermomd als 'geschenken voor bewezen diensten' of andere dingen die hem in zijn waardigheid lieten. En Flinders kon dan kiezen tussen niks of een bootlading...Ja, wat? Zwavel, ze zouden zeker wel wat zwavel kunnen missen, tweederangs voedsel (voor Flinders zouden het delicatessen zijn), genoeg schroot voor een paar vuurroeren, en kleren die zo weinig waren gedragen dat hij die wel kon krijgen in plaats van een gewaardeerde Tamme Tock-bediende, maar dan wel zó weinig dat hij het verschil niet zag. Wat verder? Verouderde meubels misschien. Daar zou Flinders wel genoegen mee nemen, en hij zou Ran Lomar (drie, maar met de tijdelijke rang van zeven) teruggeven, hoofd en testikels intact. Hij zou het niet wagen om iets anders te doen. Nog niet.

Maar Norna dan? De BO had niet zo veel op met vrouwen. Ze zeiden dat ze een Tock was, verdomme, dat had haar vader, nu stijf en koud in de kruitschuur van de Meester Flinders, gezegd. Ze zagen haar niet eens als een halfbloed. Vers bloed of niet, Harb zou helemaal niets voor haar geven. Zeker niet als hij hoorde (en dat zou hij ongetwijfeld) dat de zoon van de Meester Mallardy bereid was haar vrij te kopen. Als hij dat was.

"Je mag Jun niet, hè?" vroeg hij.

Haar gezicht vertrok even. Misschien had ze zijn gedachtegang gevolgd. "Hij heb me altijd achternagelopen," zei ze zacht. "Toen me ouwe vader d'r nog was kon 's ik nee zeggen. Maar hij zal me graag loskopen. En als hij betaalts, neemts hij me." Verder zei ze niets, maar haar gezicht verried duidelijk genoeg wat ze voelde.

"Nee, dat zal hij niet," zei Ran. Hij nam haar koude, koude handen in de zijne. "We trekken langs de rand van Rorkland tot we weer terug kunnen gaan naar veilig gebied. Kom mee." Ze verroerde zich niet. "Kom mee," herhaalde hij, terwijl hij aan haar arm trok. "We moeten ervandoor."

Een keer draaide hij zich om en keek door de bomen die hen aan het gezicht van hun vijanden onttrokken. Waren ze ontdekt? Vermoedde Flinders waar ze zich schuilhielden?

Maar het laatste minuscule figuurtje van de dubbele rij liep net over de top van de kam in de verte, bij hen vandaan.

Voor het ogenblik leken ze hun achtervolgers kwijt te zijn.

Maar zo bleef het niet. Laat die middag, toen ze een beboste heuvel opliepen, gaf hij gehoor aan een impuls die na een paar minuten duidelijke vorm had aangenomen en klauterde langs de bemoste stam van een schuinstaande boom op. Norna zei dat een holle plek tussen de grond en de wortelkluit, ontstaan doordat de boom geleidelijk aan steeds meer naar één kant was gaan overhellen, goed te gebruiken zou zijn voor een klein, rookloos vuur van teenhout. Maar een plotseling sissen boven haar maakte een eind aan haar voorbereidingen, en snel klauterde ze de boom in, tot ze net onder hem zat.

Eerst kon ze niets zien, toen keek ze in de richting waarin zijn hand wees en zag, ver van hen vandaan nog, een zwarte stip over een open plek lopen. Zijn hand bewoog, wees, bewoog, wees, bewoog…

Wees. En op elke plek waar de wijsvinger wees was een zwarte stip te zien. Zwarte stippen, die hun kant op kwamen, in een dunne en ver uit elkaar getrokken lijn. Het konden alleen maar mensen zijn. En die mensen konden alleen maar op zoek zijn naar… Naar hen.

Toen ze weer op de grond waren, stonden ze zich het kleine, korte genoegen toe van even hun handen warmen boven het kleine, net aangestoken vuur. Toen schopten ze er sneeuw overheen en gingen verder.

De achtervolgers trokken in een diagonaal. Het was onmogelijk te zeggen hoe lang de rij precies was. Het landschap was te onoverzichtelijk en er stonden te veel bomen om dat met zekerheid te kunnen zeggen. Ze konden ook niet uitrekenen hoeveel mensen er precies achter hen aan zaten, en op basis daarvan de lengte van de rij bepalen. Ze konden er alleen zeker van zijn dat er niet alleen gewapende mannen waren, want noch Flinders, noch Haggar, noch Flinders en Haggar samen, hadden genoeg piekeniers of roerschutters voor de rij die ze hadden gezien.

Maar wat ze hadden gezien maakte ze wel duidelijk dat als ze de dwars op hun geplande vluchtroute voorttrekkende achtervolgers uit handen wilden blijven ze niet konden volstaan met "langs de rand van Rorkland trekken". Ze zouden dat verboden gebied in moeten gaan. Recht vooruit gaan was net zo onmogelijk als op hun schreden terugkeren. Ze zouden zelf ook een diagonale route moeten volgen, zó opgezet, en met juist die snelheid, dat ze niet alleen niet werden ingehaald, maar ook te zijner tijd om de flank van hun achtervolgers heen konden trekken. Misschien was het wel de bedoeling van die diagonaal om de rij achtervolgers een hele cirkel te laten beschrijven, net als de wijzers van een klok, en elke meter land binnen die cirkel af te zoeken. En of ze de vluchtelingen nu vonden of niet, als ze de tijd er maar voor kregen zouden ze zeker hun spoor wel vinden.

Ran en Norna keken elkaar aan, grepen even elkaars hand vast, draaiden zich toen om en vluchtten de lange helling van de heuvel af.

Gelukkig was Pia Sol vanachter de verhullende wolken tevoorschijn gekomen, en lang genoeg om hun een wat duidelijk idee te geven van waar ze waren, al kon dat alleen maar een ruwe schatting zijn. Om die reden waren ze er vrij zeker van welke koers ze volgden.

Die hele lange middag trokken ze zonder stil te houden verder, en net toen Ran wilde bekennen dat hij niet verder kon, wees ze hem aan waar Tiggy's Heuvel was. Er was nooit een grenscommissie geweest die had bepaald waar Wild Tockland ophield en Zuidelijk Rorkland begon, maar Tiggy's Heuvel, met zijn onmiskenbare dubbele top en brede col, hoorde zonder enige twijfel bij het tweede. Maar de gedachte aan gevaar speelde niet door zijn geest. Het was zelfs niet zijn geest maar zijn koude, pijnlijke lichaam dat haar antwoord gaf.

"Ik kan niet meer."

"Je moets!" In haar haast en angst verviel ze weer in het diepere Wilde Tock-dialect waar ze door het voortdurende voorbeeld van haar vader geen gebruik van had gemaakt, althans niet in Lomars bijzijn. "Ranny! We moets het halen naar Tiggy's Heuvel voor het donkert! Er is daar een soort huizes om de sneeuws en de winds en de koude mists van ons vandaan te houden. Als we daar niet komt, sterft ons voor de ochtend. Ranny!"

Ze sloeg een arm om hem heen en trok hem mee. Lopend, in struikelende draf, in logge looppas, gingen ze verder. Hij protesteerde en huilde bijna toen ze erop stond om langs de voet van de heuvel te trekken en aan de andere kant omhoog te klimmen, uit angst om te worden gezien op de vaak kale helling, maar ze zette door. Door bidden en smeken, door liedjes te zingen, met dreigementen, op allerlei verschillende manieren zette ze door. En ze vergat niet om heel vaak te wisselen, zodat ze een rechter- en dan een linkerhand in hun kleren konden steken, zodat die warm bleef en niet bevroor.

Het werd ongemerkt donkerder. Hij verloor alles uit het oog, alleen niet de noodzaak om een voet op te heffen, te bewegen, neer te zetten, de andere op te tillen, neer te zetten. Zijn gezicht was nog niet zo verdoofd dat het niet het striemen van sneeuw en regen voelde, om de beurt. Hij hoorde een stem, ergens, dichtbij, kreunen: "Laat me met rust. Laat me met rust. Met rust." En ten slotte deed ze dat. Toen ze zijn arm losliet viel die zwaar neer, en hij erbij.

Het duurde een hele tijd, terwijl hij zo languit lag, voor hij besefte dat de grond onder hem droog was, dat het striemen van regen en snerpende sneeuw was opgehouden. Nu zag hij opeens het flakkeren van vlammen, en zijn hele lichaam begon te steken. Ze hadden Tiggy's Heuvel gehaald, en waren, voor het ogenblik in ieder geval, veilig in de ruwe schuilplaats van de roodvleugelverzamelaars.

"We hebben geluk dat er hout is," zei ze, evenzeer tegen zichzelf als tegen hem. Hij kon haar volgende woorden niet horen, al bewogen haar lippen, en toen herinnerde hij zich dat haar vader had gedankt, voor het eten, en besefte dat ze niet tegen hem sprak.

Toen ze met haar gebed klaar was en weer een stuk hout in het vuur stak, zei hij: "Wordt deze plek niet gebruikt?"

Ze haalde haar schouders op. "Als niemand hier was toen we

kwamen dan zal er waarschijnlijk niemand komen voor we weer weggaan. Als we niet te lang blijven."

Wat later hadden ze het warm genoeg om het laatste restje op te
eten van het weinige voedsel dat ze bij zich hadden en toen om te gaan
slapen. Hij wist niet hoe laat het was toen hij wakker werd, stijf, pijnlijk, een scherpe rauwe pijn ergens binnenin hem, tussen zijn rug en
zijn longen. Een grauw grijs licht kwam door de deurloze opening aan
de andere kant van de hut, en hij zag Norna met een stok in de grond
krassen.

"Aan mij heb je niet veel," zei hij na een ogenblik.

Verbaasd keek ze op. Er zat een zwarte veeg aan een kant van haar
gezicht waar ze haar haar naar achteren gestreken had. "Ik zou bang
zijn, als ik alleen was," zei ze. Toen: "Kijk eens." Hij ging met zijn benen
onder zich gekruist naast haar zitten en keek toe hoe ze haar tekenin-
gen uitlegde. Als ze terug wilden naar het zuiden was bijna dit hele
gebied — ze bedekte het met haar hand — zeker onveilig. En de rest...

"En de rest?" drong hij aan, toen ze bleef zwijgen.

Haar verklaring maakte ook hem sprakeloos. Nu haar vader dood
was, wist ze niet zeker of er nog één plek in Zuid-Tockland veilig voor
haar was. Ze wist niet honderd procent zeker of Flinders met zijn
gepraat over eenheid tegen het hier niet thuis horende Gilde de andere
Meesters niet aan zijn kant had gekregen door hun een deel in Lomars
losgeld te bieden.

"Maar... Maar zou je niet veilig zijn in Mallardy's Kamp? Je eigen
kamp?"

"Daar zou ik nog wel het minst veilig zijn. Dat weet je toch wel?
Jun..."

Hij kende Jun niet goed, maar wel goed genoeg. En de uitdrukking
van weerzin die weer op haar gezicht verscheen, maakte dat hij de
knoop doorhakte. Hij keek naar de ruwe kaart die in de aarden vloer
was gekrast.

"Kunnen we ons in leven houden met wat we aan eten vinden als
we naar het noorden gaan en het Gildestation proberen te bereiken?"

"Misschien wel," zei ze.

"En daar arriveren voor de Koude Tijd voorbij is en de rorks zich
weer beginnen te roeren?"

"Misschien wel," zei ze.

Hij krabbelde overeind. "Laten we dan meteen maar gaan."

Ze pakte een kooltje uit het vuur en deed het in de schelp, wikkelde er mos omheen en schopte toen grond over wat er nog gloeide. Ze gingen omlaag zoals ze gekomen waren, langs de verst van Flinders verwijderde helling. Voor zover ze kijken konden bewoog zich niets, zelfs geen dagvleermuis fladderde aan de loden hemel. Alles leek koud. Alles leek dood. Ver achter hen, tegen een onbesneeuwde zwarte heuvel, lag iets duns en wits. Misschien was het de rook van een vuur, misschien ook mist.

"Wel, Ranny," zei hij hardop, maar alleen tegen zichzelf, "je wilde het continent hier verkennen. Dat zul je nou dan ook, tegen wil en dank."

Zo trokken ze noordwaarts, het gevreesde hart van Rorkland in.

Soms dronken ze sneeuw, soms ook, als die gesmolten was, hurkten ze neer en dronken uit de plassen, soms moesten ze de ijslaag erover kapotmaken en zogen ze op de stukken. Nu en dan wisten ze kleine dieren te vellen met stenen. Af en toe zagen ze een rip wegsluipen, maar een bedreiging vormden die niet. Wel maakte alleen hun aanwezigheid al hen ongerust. Bepaalde plekken liet Norna links liggen in plaats van er gewoon doorheen te trekken, en met een vinger op haar lippen en handgebaren maakte ze duidelijk dat dat plekken waren waar rorks graag hun nest bouwden. Ze vonden hier en daar ook wel een boom met een paar verschrompelde vruchten eromheen, hun meestal wrange vruchtvlees dankzij de vorst eetbaar geworden. Voor het eerst in zijn leven raakte Lomar vertrouwd met het begrip honger. Berouwvol dacht hij terug aan het commentaar van Oud Kanon dat een groot deel van de Wilde Tocks niet anders dan honger kende.

Af en toe bekeken hij en Norna de omgeving om te zien of iets erop wees dat ze werden achtervolgd. Tussen het bruin van de verdorde roodvleugel, nu de overheersende kleur in het landschap, zagen ze geen rijen mensen trekken, geen nevel waarvan ze niet zeker wisten of het wel nevel was.

Ze waren al een behoorlijk eind gevorderd, zich alleen maar richtend op de vaak niet zichtbare zon, toen ze het idee begonnen te krijgen dat ze werden achtervolgd. Of misschien niet zozeer achtervolgd als wel geobserveerd. Nu en dan hoorden ze een zacht geluid, terwijl er geen wind was en nergens een dier was te zien. Nu en dan zagen ze iets uit de rand van hun gezichtsbereik wegschieten. Het gebeurde niet vaak. Maar het bleef wel doorgaan. En een keer draaide hij zich snel om, waarom kon hij zelf niet zeggen, en zag iets verdwijnen over de kam van een niet al te verre heuvel. Iets wat te groot was voor de dieren die ze kenden, en te klein voor een rork.

"Wat denk jij, Norna?" vroeg hij. "Mensen van Flinders?"

Ze wist zeker dat dat niet het geval was. Flinders had geen notie van subtiliteit, en zijn mannen evenmin. Als het Flinders was, zouden ze allang zijn aangevallen. Nee, Flinders was het niet. Het was geen Wilde Tock. Had ze enig idee van wat het dan wel zou kunnen zijn? Nee. Geen enkel. Ze kwamen tot de conclusie dat, wat het ook was — als er al iets was, geen serie op natuurlijke wijze te verklaren en op zich onbelangrijke voorvallen, aangedikt door hun zenuwen en verbeelding — het niet gevaarlijk was. Als het in staat was om hen kwaad te doen dan zou dat nu wel gebeurd zijn.

Die nacht sliepen ze in een grot in een helling die naar het noorden afliep. Hij werd door de druk op zijn blaas wakker en sloop zacht langs haar slapende gestalte naar de opening van de grot. Zijn verbaasde kreet zorgde ervoor dat Norna een ogenblik later naast hem stond.

"De stad!" riep ze. "De stad van de rorks!"

Ver, ver voor hen uit, en ver, ver onder hen, bij de horizon, lag de stad te schemeren en te flakkeren van gestaag gloeiend licht in een eindeloos gevarieerd spectrum van kleuren. Een aurora kon het niet zijn, want een aurora kon niet het midden van een landmassa belichten en de twee uiteinden niet; een aurora omsloot en bekroonde de hemel, verscheen niet als lichtpunten op de grond. Het schouwspel maakte hem volkomen confuus. Hij wist niet wat hij moest zeggen.

Norna wel, of ze dacht in ieder geval van wel. Er was geen twijfel in haar geest, alleen ontsteltenis en moedeloosheid. Dit was zeker de stad van de rorks. Ze zouden heel ver van de route die ze in hun hoofd hadden moeten afwijken om de stad mis te lopen. Maar hij wilde er niet van horen.

"Wat het ook is," zei hij, "het kan niets te maken hebben met rorks. Heeft iemand daar ooit rorks gezien?

"Heeft iemand daar overdag ooit iets gezien? Nee. En dus...Begrijp je? En ook al heeft het iets te maken met rorks, dan nog is er geen reden om te denken dat ze daar in dit jaargetijde gevaarlijker zijn dan ergens anders. We mogen niet zo'n omweg maken om van de stad vandaan te blijven. We hebben er de tijd niet voor. We mogen hier niet nog vastzitten als de winter afgelopen is."

Met tegenzin gaf ze toe dat hij gelijk had. Maar, wilde ze weten, als die lichten geen aanwijzing waren dat die plek was bewoond door rorks, waarvoor waren ze dan wél een aanwijzing?

Hij kon er alleen maar naar gissen. Misschien was er hier heel lang geleden, voor de komst van de mens, een nederzetting van een ander ras geweest. Misschien—waarschijnlijk—was dat ras uitgestorven of was het gewoon ergens anders heen getrokken. Als er leden van dat ras waren achtergebleven, was het hoogst onwaarschijnlijk dat niemand hen ooit had gezien of gehoord of anderszins had opgemerkt in al de eeuwen dat Pia 2 was gekoloniseerd. Hij zei dat de lichten, van energie voorzien door een onbekende krachtbron, misschien wel voor altijd waren blijven en zouden blijven branden. Relatief 'eeuwig' dan, want zelfs de ooit eeuwige piramiden, ondermijnd door het irrigeren van de Egyptische woestijn, waren ten slotte in puin gevallen. Maar Norna, die nog nooit van Egypte of van piramiden had gehoord, schudde niet-begrijpend haar hoofd. Het enige argument dat bij haar gewicht in de schaal legde was dat de rorks tussen de lichten waarschijnlijk even traag zouden zijn als elders.

Tot het einde van de Koude Tijd.

De zogenaamde Vlakte der Lichten, nu vlak voor hen, was overdag nogal grauw en onopvallend. Van een stad was niets te zien, en afgezien van het vlakke terrein scheen het enige verschil met het land waar ze tot nu toe doorheen waren getrokken, het soort begroeiing te zijn. De vormen van de planten deden hem vaag denken aan de planten die nog in leven waren in het Wereldpark, bij wat ooit de Bergen van de Maan waren genoemd, in Afrika, op de Oude Aarde. Allesoverheersend daar, meer dan alle andere soorten flora, waren vlezige stengels geweest, zonder bladeren, zonder takken, met alleen...Hij wist niet goed hoe hij ze moest beschrijven. Bollen? Knoppen? Kegels? Ze hadden nog wat voedsel over, maar veel was het niet. Voorzichtig trok hij een van de vruchten los en drukte hem tegen zijn tong. Hij smaakte vaag bitter en hij gooide hem weg. Later, misschien, als ze door hun eten heen waren en niets konden vinden, als ze werkelijk het risico liepen om te verhongeren, moesten ze misschien wel het risico lopen dat ze zich vergiftigden of ziek maakten door deze vreemde vruchten eens te proberen, als het vruchten waren. Rauw, of geroosterd. Maar niet nu. Nog niet.

Ook toen de dag vorderde zagen ze niets wat wees op een stad, geen teken dat hier iets ongewoons was, niets wat erop wees dat ze werden geobserveerd of achtervolgd. Hun zintuigen raakten verdoofd door de monotonie van het landschap en ze begonnen langzamer te lopen. En ten slotte, terwijl de zon nog niet onder was, rolden ze zich op en vielen in slaap, Rans gestolen pels onder hen, die van Norna over hen heen.

Het was bijna nacht toen ze wakker werden en zich uitrekten. Het had geen zin om te proberen 's nachts verder te trekken, maar ze wilden eigenlijk eerst water zoeken voor ze verder gingen slapen. Ze stonden rechtop en keken door het zware schemerlicht, terwijl de laatste stralen van Pia Sol achter de horizon verdwenen. En toen, plotseling en zonder voorafgaande waarschuwing, gebeurde het.

Eén ogenblik lag er nog een vaag schijnsel van de zonsondergang aan de rand van de hemel. Het volgende ogenblik was het verdwenen. Nauwelijks een seconde was het aardeduister. En toen, alsof iemand een schakelaar had omgehaald, werd de wereld in één klap verlicht, een schittering van briljante, fantastisch rijke en gevarieerde kleuren. Ze slaakten allebei een kreet van verwondering, draaiden zich om en nog eens, om maar zo veel mogelijk te zien. Overal was het hetzelfde. Alle vreemde planten pulseerden en gloeiden met een bepaalde nuance licht, allemaal binnen één hoofdkleur, maar stuk voor stuk verschillend. Hier zag je oranje, verglijdend naar roze, roze naar scharlaken, scharlaken naar karmozijn; daar zag je violet en lavendel en aquamarijn en turquoise en lapis lazuli. Hij had geen woorden voor alle kleuren en tinten en nuances, had niet geweten dat geel en groen er in zo oneindig veel varianten waren, dat paars niet gewoon paars was en verder niet, maar honderd verschillende tinten paars, stuk voor stuk rijk en stralend.

Uren en uren, elke gedachte aan voedsel en drinken vergeten, dwaalden Ran en Norna door het ongelooflijke lichtgevende woud van de Vlakte der Lichten. Dit was dus de 'stad' die de traditie van de Wilde Tocks had bevolkt met rorks — een gissing die niet wilder was en er niet verder naast zat dan wat hij zelf had gedacht. Zij had geen verklaring nodig, een wonder was een wonder. Maar zijn geest tastte en zocht, en vond ten slotte niets beters dan een herinnering aan lichtgevende bacteriën die op de huid van bepaalde zeewezens gevonden waren; en het koude, koude licht van fosforescerend hout en water.

Eindeloze eeuwen lang was deze pracht hier geweest en geen menselijk oog had het ooit van dichtbij aanschouwd. Het was honger waard, dorst, ongemak, vluchten, koude, pijnen doodsangst. Hand in hand, later arm in arm, ten slotte innig elkaar omhelzend liepen ze verder Eden in. Het was onvermijdelijk geweest dat hun lichamen zich vroeg of laat zouden verenigen in de heilige daad der liefde. Maar bij deze vlucht hadden ze zich vooral met andere dingen bezig moeten houden — in leven blijven, niet meer of minder, en hun lichaam was gespannen geweest van angst en koude. Maar nu keerden hun gezichten, nog steeds zichtbaar overweldigd van vreugde, zich naar elkaar toe en ze kusten elkaar, en nog eens. Hij spreidde de twee pelzen uit op de grond. Een milde warmte scheen te worden uitgestraald door de schitterende, lichtgevende planten toen hij haar borsten ontblootte en ze kuste; en toen, haar armen om zijn lichaam heen, haar handen op zijn rug, zonk hij op haar neer en in haar. En al de ochtendsterren schreeuwden samen van vreugde.

Voor Norna had het verleden nu opgehouden te bestaan en moest de toekomst nog vaste vorm aannemen. Ze was nu Ranny's vrouw. Voor haar was het allemaal heel natuurlijk en ongecompliceerd. Maar zo dacht Lomar er helemaal niet over. De natuurlijke opgetogenheid die de man eigen is die weet dat hij de eerste minnaar van een vrouw geweest is bestond zij aan zij, en op zekere afstand van een groeiende, maar nog niet bijzonder diepe genegenheid voor haar. En verder speelde de vraag mee wat er zou gebeuren met Norna als ze bij het Gildestation kwamen. Kon hij haar in zijn U laten wonen als zijn minnares? Zeker was in ieder geval dat ze niet te midden van de schaamteloze, smerige Tamme

Tocks kon gaan wonen. Wat zou de houding van het Station zijn? Hoe zou ze worden behandeld? Dat ze terugkeerde naar haar eigen land, alleen, leek nu een onmogelijke zaak.

En, niet urgent, niet de hele tijd, kwam een andere vraag, en nog eens, en nog eens: hoe moest het nu met Lindel?

Ze waren met grote tegenzin voorbij de Vlakte der Lichten getrokken, en verder, het meer golvende heuvelland in dat ten noorden ervan lag. De eerste nacht daarna kon hij nog de wonderen ervan zien, als een tafel waarop een massa juwelen was uitgespreid, in de verte, maar daarna niet meer.

Ze begonnen nu vaker rorks te zien. Die nestelden op minder beschutte plekken dan daarvoor, misschien omdat ze het nog nooit hadden meegemaakt dat dit deel van hun gebied door mensenvoeten betreden was. Ze bleven elke keer een heel eind bij ze vandaan. Nu en dan hoorden ze een zacht, dof gegrom en geklik, maar als de half-slapende wezens ze al zagen dan merkten ze daar in ieder geval niets van. Geen rork scheen zich méér te bewegen of méér te 'spreken' omdat zij in de buurt waren. Maar toen ze door de massa's roodvleugel, zwart van de vorst, verder trokken, kregen ze weer het gevoel dat ze werden geobserveerd.

Lomar had berekend — een berekening die niet anders dan on-nauwkeurig kon zijn — dat Norna en hij nu ongeveer in het hart van Rorkland waren. Het volgende opvallende punt in het landschap, als ze tenminste dicht genoeg in de buurt waren om het te zien, zou Holle Rots worden; daarna konden ze ervan uit gaan dat vroeg of laat Laatste Rand voor hen op zou doemen. De stormen en het slechte weer waar ze in het begin van de tocht zo'n last van hadden gehad waren nu ver-dwenen, en de ene stille, droog-koude dag volgde op de andere, en aan een heldere, onbewolkte hemel was de gehele boog van Pia Sols opkomst en neergang zichtbaar.

Net voor ze waren weggegaan uit de schuilplaats op Tiggy's Heuvel had Ran iets gezien dat half begraven lag in het vuil en de rommel op de vloer. Het was de oude kop van een piek, het grootste stuk van de rand bot, maar op één plek zo scherp dat hij zich was gaan afvragen of het ding niet net geslepen werd toen een alarm (of een slome dronkenlap) het op de grond had laten belanden, waar het, vergeten, was blijven liggen. Hij tastte en groef en vond tot zijn genoegen de wetsteen. Hij had ze allebei geeuwend in zijn zak gestopt, en daar waren ze gebleven. Hij dacht er pas weer aan toen ze tijdens een frisse ochtend even uitrustten en hij een dood boompje op de grond zag liggen dat precies de goede maat scheen te hebben voor een stok om de punt op te schuiven.

Het was niet erg moeilijk of veel werk om het uiteinde bij te slijpen tot het in het gat van de piek paste, en terwijl Norna met haar armen om haar knieën toekeek en lachte, stootte hij ermee en maakte allerlei schijnbewegingen, net als hij de Wilde Tocks had zien doen. Op een gegeven ogenblik verloor hij zijn evenwicht en struikelde, slaakte een gemaakt-geschrokken kreet en gleed de helling af. Hij krabbelde net weer overeind, steunend op zijn stok, toen hij haar hoorde gillen.

"Achter je! Achter je! Maak 'm dood. Maak 'm dood!"

De rork was enorm groot en om de een of andere reden kreeg hij de indruk dat het wezen heel oud was. Het hurkte neer in zijn nest, een beetje naar een kant. Hij kon de flanken zien bewegen in het trage ritme van zijn ademhaling. Iets verschrompelds hing in vuile lappen om het lijf, en op de plekken waar dit spul aan de huid vastzat was die huid opgezwollen en rood en nattig. Het wezen was aan het vervellen.

Met een zo abrupte beweging dat hij zijn armen bijna in hun kom hoorde knappen, hief hij de piek boven zijn hoofd op en klemde er allebei zijn handen omheen. Nog een seconde en hij had toegestoten in dat niet-menselijke, angstaanjagende vlees voor hem. Maar die seconde kwam niet. Zijn motieven waren hemzelf niet duidelijk. Met afschuw vermengde fascinatie misschien, plus een zekere mate van medelijden met het nu hulpeloze wezen. In elk geval stootte hij niet toe.

Norna gilde niet voor de tweede keer, maar hij kon haar vol doodsangst horen jammeren toen de rork zich traag, en zeker moeizaam, wankelend en naar houvast voor zijn klauwen zoekend, omdraaide.

Het wezen had een heel eigen geur — penetrant en op een enge manier onbekend. Die geur leek op niets wat hij kende. En dat niet op iets lijken was ook al angstaanjagend. Hij kon het niet eens identificeren met de rork van de oude 3D's — onschuldige wezens, hadden die oude gegevens gezegd — want de gele contouren van het masker waren verschrompeld en verwrongen door de hier en daar in vellen neerhangende huid. De nagels die nu in de grond groeven onder het gewicht van het lichaam, en door de inspanning van het omdraaien, waren lang en scherp en afzichtelijk. De geluiden die uit het ding kwamen klonken als iets uit een nachtmerrie. En toch kon hij zich er niet toe brengen om toe te stoten met de piek en zich dan in veiligheid te brengen, al wist hij dat die veiligheid gemakkelijk genoeg te bereiken was.

Hij was stokstijf stil blijven staan terwijl dit alles gebeurde. En toen begon hij te beven en te schokken en te huiveren, terwijl de rork, eindelijk oog in oog met hem, het oude Tock-verhaal waar maakte — angstaanjagend, choquerend waar.

De rork sprak tegen hem.

HOOFDSTUK 5

De organen waarmee de rork zijn geluiden voortbracht, zijn hele borstkas, en ook andere dingen, moesten natuurlijk heel anders zijn dan bij een mens of zelfs een zoogdier in het algemeen. De geluiden rommelden, echoden, klikten, deden dingen waarvoor hij geen naam had. Het was wel of hij nog een keer die droom meemaakte waarin een rork met hem praatte, of hij over een seconde of wat zou ontwaken. Het feit dat de geluiden zich schenen te condenseren tot woorden, woorden die hij begreep, maakte dat gevoel nog sterker, en joeg hem een soort vertigo in waarbij zijn hele gezonde verstand gevaar liep, want de woorden leken op die uit de droom.

Toen, in een seconde, werd alles reëel. Er was wel een verschil. De rork uit zijn droom had gezegd: ik dood. En de echte rork, wat zei die?

Niet dood.

Niet.

Met vreemd trekkende en verkrampende spieren maar langzaam kalmer wordend liet hij de piek zakken. Achter en boven zich hoorde hij Norna's sidderende ademhaling afbreken, hoorde haar vallen. Hij draaide zich half om, zijn spieren gespannen om langs de helling naar boven te klimmen. En besefte toen dat de woorden van de rork misschien niet voor hem bedoeld waren geweest.

Twee mannen stonden daar, gekleed in, het duurde even voor hij dat besefte, afgeworpen rorkhuid, een knots in hun hand. Het waren mannen, net zo zeker als hij een man was, en in de lijnen van hun lichaam lag niets vreemds. Het waren hun gezichten die volkomen anders waren, en dat anders-zijn was niet lichamelijk.

Hun ogen keken niet naar hem op dezelfde wijze waarop, wist hij, zijn ogen naar hen keken. Hun mond had niet dezelfde uitdrukking, hun wangen niet, hun voorhoofd niet. Het was allemaal niet iets wat hij had kunnen beschrijven, deze verschillen bij elkaar, maar het viel wel onmiddellijk op, en het was buitengewoon belangrijk.

Hij wist dat deze mannen nooit onder anderen dan hun eigen lotgenoten waren opgegroeid, hier in Rorkland. En hij wist nu ook door wie ze werden gevolgd.

Een van de mannen keek hem aan met een uitdrukking die misschien kon worden beschreven als sereen. Of misschien was het wel zo'n oneindig niet-menselijke uitdrukking dat hij, Ran Lomar, er geen begrip voor had. De man keek hem aan en zei: "Niet doden." Het betekende dat Lomar de rork niet zou doden, dat de rork Lomar niet zou doden en dat de twee nieuwe mannen elkaar niet zouden doden. Het was geen waarschuwing, geen smeekbede. Het was de constatering van een feit.

En Lomar geloofde het.

Hij zette zijn piek neer, met de punt in de grond.

"Nee," zei hij, zijn stem onzeker, zijn geest zeker. "We zullen niet doden. Laat me… Ik moet naar haar toe." Hij gebaarde naar Norna, nog steeds bewusteloos. Een van de twee stak een hand uit, hij greep hem, werd omhooggetrokken, de helling op. Zijn knieën hielden op met trillen. Hij knielde naast haar neer.

"Meizje siek?" vroeg de man. En hij maakte een medelijdend, troostend geluid, zoals je tegen een kind maakt. Tegen een baby.

Tegen een baby!

Het duizelde Lomar toen hij het opeens begreep. Toen hij besefte wie deze mannen waren en waarom ze anders waren. Hij liet haar hoofd in zijn schoot steunen en streelde haar gezicht. De andere man maakte hetzelfde geruststellende, spijtige geluid. "Arm meizje," zei hij.

Achter hen kreunde de oude rork pijnlijk, maakte een grommend geluid, en liet zich weer in het nest zakken. En Norna deed haar ogen open.

In het begin viel het niet mee om elkaar te begrijpen. Lomars woordenschat was zonder één uitzondering gebaseerd op een gewoon, intermenselijk contact, en daarom ook veel uitgebreider dan die van de twee mannen. Maar zij konden de taal van de rork spreken en deden dat ook vaak, tot ze begrepen dat hij het niet kon. Toen hielden ze er mee op. Een ander deel van hun gesprekken was in de taal die hij ook sprak, al was die taal sterk aangetast door het gebrek aan contact met andere mensen. Met veel moeite kon hij verstaan wat ze zeiden. Maar ze schenen ook eigen woorden te hebben die geen rork-woorden waren, en toch kende hij ze niet.

Yulloa, bijvoorbeeld, had iets te maken met voedsel. Of eten. Of honger. Maar wat het precies betekende wist hij niet. En ung-guoa-din, of zoiets, had te maken met het land zelf of met reizen door het land; maar hoe vaak ze het ook herhaalden, met gebaren erbij, hij begreep het niet.

De grootste van de twee, Tun noemde hij zich, herinnerde zich vaag waar hij vandaan gekomen was. Er was een vrouw, en die had nog een kind, kleiner, aan haar borst. En er was een man. Een brand. Hij was de weg kwijtgeraakt. Hij had gehuild in het duister en de nacht, en de nacht en het duister hadden teruggehuild naar hem. Angst, schrik, doelloos ronddwalen en de duizend jammerende stemmen van de nacht. En honger. Toen kwam er iets uit het duister en tilde hem op en nam hem mee. Gaf hem te eten, verwarmde hem met zijn eigen lichaam. En speelde met hem, als het licht was.

De andere man was hier in Rorkland geboren — en met simpele, levendige gebaren, die maar voor één uitleg vatbaar waren beschreef hij hoe die geboorte in zijn werk was gegaan — en Rorkland was de enige wereld die hij kende. Zijn moeder? Hij wees naar de aarde zelf, kalm, en haalde heel even zijn schouders op. Zijn vader? Zijn hand gebaarde, ergens in de verte.

Lomar dacht aan het verschil tussen feit en fictie. Dit hier waren de gestolen kinderen uit de oude legenden van de Tocks. De verdwaalde en nooit teruggevonden kinderen. In het duister kon een mens geen verschil horen tussen het huilen van een kind en het gegil van de gilkinderen.

Maar de rorks konden dat wel. De verdwaalde kinderen waren niet opgegeten. Integendeel, ze waren geadopteerd. Ze waren niet wreed bejegend. Integendeel, de rorks waren heel vriendelijk voor hen geweest. Hij vergeleek het met wat de jonge rork was aangedaan die door de Wilde Tocks gevangen was, en het contrast deed hem huiveren.

Af en toe kreunde de oude rork naast hen van pijn en ongemak, en de twee mannen spraken het wezen kalmerend toe en streelden het op plekken waar de aanraking geen pijn zou doen. Hoe afstotelijk en angstaanjagend de rork voor Lomar ook was, de twee andere mannen hadden er duidelijk alleen de diepste genegenheid voor. Blijkbaar was de verhouding tussen hen en de rorks meer dan alleen maar symbiose, al onttrok de essentie van wat die verhouding dan wel precies inhield zich aan zijn wildste vermoedens. Hij herinnerde zich dat zijn moeder, op de Oude Aarde, met een jong poesje had gespeeld. Nee, daarmee had dit weinig overeenkomsten.

Hij reageerde misschien verward, maar Norna was doodsbang. Ze klemde zich aan hem vast en begreep niets van wat hij haar probeerde te vertellen. Daar was een rork! Een rork! Ze was dichter bij een rork dan ze ooit in haar leven geweest was, en toch leefde ze nog. Ze weigerde om ernaar te kijken, sloeg liever haar handen voor haar oren dan dat ze ernaar luisterde, en beefde, beefde, beefde.

Het was niet zo bijzonder dat de rork kon praten; iedereen in Zuid-Tockland wist dat ze konden praten, maar dat maakte ze zeker niet minder angstaanjagend. Integendeel.

"Laats ons weggaan, vluchts," fluisterde ze, elke keer weer. "O, laats ons weggaan en ons verstoppen. Verstoppen. Ranny..."

De aanwezigheid van de twee mannen stelde haar ook al niet gerust. Ze waren zo goed als naakt, ze raakten de rork aan, ze spraken de taal van de rork, ze droegen de afgeworpen huid van de rork. Hoe wist je eigenlijk dat het mensen waren? Waren het misschien geen echte mensen? Misschien waren het eigenlijk rorks. Rorks, die een tijdlang, en met kwaadaardige bedoelingen de gedaante van een mens aannamen. Weer-rorks! Ze kende de frase niet en had alleen maar een vaag idee van wat een weerwolf was, maar Lomar kon de zoveelste Tock-legende voor zijn ogen vaste vorm zien aannemen. En de situatie werd er niet gemakkelijker op toen de kleinste van de twee (zijn naam, voor zover Lomar die tenminste kon reproduceren, was N'kof) heel nuchter vroeg of ze met hem wilde copuleren. Haar huiverende weigering nam hij even kalmpjes op als hij zijn vraag had gesteld. Je bood een gast een glas aan, de gast sloeg het aanbod af, het was onbeleefd als gastheer om die onbeleefdheid van de gast op te merken, hoe onbegrijpelijk je het ook vond.

Ten slotte gingen ze weg, Lomar en Norna en Tun. Lomar had het idee dat ze weggingen om de oude rork het ongemak van hun aanwezigheid te besparen, maar zeker weten deed hij het niet. De communicatie tussen hen werd steeds beter, maar schoot wat duidelijkheid en begrijpelijkheid betrof nog steeds verre te kort. N'kof zou achterblijven tot de oude rork het proces van het afwerpen van zijn huid had voltooid. Hij en Tun probeerden uit te leggen waarom dat nodig was, maar of het nu was om het vrijwel hulpeloze wezen te beschermen of om het gewoon gezelschap te houden of omdat er een speciale band tussen hen was, dat konden ze hem niet duidelijk maken, of misschien voelden ze er ook wel niet voor.

En dus trokken ze met zijn drieën verder naar het noorden, terwijl ze eerst met zijn tweeën geweest waren. Tun leverde geen commentaar op Norna's angst voor hem, maar hij liep aan de andere kant van Lomar, een eindje van hen vandaan; tijdens de hele tocht kwam hij niet dichter in de buurt van Norna, en hij zei niets tegen haar. Het tempo lag nu lager; Lomar zei bij zichzelf dat de voornaamste reden tot haast nu niet meer bestond. Het weer was zelfs aangenaam, en Tun wist zoveel plekken waar ze voedsel konden vinden — hier een bergplaats vol eetbare noten, daar een holle boom of een grot met fungus erin; een vijver, dichtgevroren, die vis opleverde toen ze het ijs stuk stootten — dat ze geen honger meer leden.

Ze trokken langzamer voort, ze hielden stil om te eten, ze hielden stil om het uitzicht te bewonderen of in ieder geval te bekijken. Maar het meest van al praatten ze nog. Er was veel om over te praten, maar het was allemaal moeilijk, en toch werd het geleidelijk aan minder moeilijk. En elk uur dat voorbijging, een uur waarin ze over besneeuwde heuvels trokken of door open plekken liepen, waar door de vorst bruin geworden roodvleugelplanten stonden, onder enorme, oude bomen, elk uur van de dag was Ran Lomar dankbaar dat hij (om wat voor reden dan ook) de rork niet had gedood die hulpeloos voor hem lag. Hieraan, alleen hieraan, had hij het waarschijnlijk te danken dat hij nog in leven was, en Norna ook, en dat Tun nu bij hen was en hen gidste. Want deze man was geen filosofische pacifist, geen edele, wilde vegetariër. Zijn knots spleet de schedel open van een rip die zich een keer al te dicht bij hen in de buurt had gewaagd — een gillende Norna klemde zich vast aan de arm waarin Ran de piek had — en meer dan eens velde de kundig geworpen knots eetbare dieren.

Eerst ging Ran ervan uit dat het het mens-zijn was dat ze samen hadden, en het duurde even voor hij besefte dat dit niet het enige was waardoor Tun zijn vijand niet was. In allerlei opzichten zag de ander zich als verwanter aan de rork dan aan andere, vreemde mannen. Het was omdat Lomar de rork niet had gedood toen hij kon, dat Tun nu zo niet zijn vriend dan toch in ieder geval zijn metgezel was. Ran dacht na over het oude principe dat een kind tussen wolven opgevoed een wolf wordt, natuurlijk niet lichamelijk, maar in zekere zin wel geestelijk. In hoeverre gold dit voor Tun en anderen zoals hij? Hij liep rechtop, niet op handen en voeten.

Het was in ieder geval niet zo dat Tun de enige was die was opgegroeid tussen de rorks. Hoeveel 'geadopteerde kinderen' er waren geweest, nu en in het verleden, wist hij niet, en Ran Lomar evenmin. En geen van tweeën wisten ze ook hoe oud het oudste pleegkind was geweest. Maar het was wel duidelijk dat er kinderen bij geweest waren die oud genoeg waren om te praten.

De kleine verdwaalde kindertjes kwamen dus niet geheel en al als een onbeschreven blad bij de rorks, en hun menselijke eigenaardigheden en eigenschappen en attitudes waren natuurlijk tot op zekere hoogte bewaard gebleven door de aanwezigheid van de andere mensen in het gebied van de rorks. Tot op zekere hoogte. Het zou jaren van intensief wetenschappelijk observeren en proeven nemen duren voor zelfs maar bij benadering kon worden vastgesteld tot op welke hoogte. Zeker, en ook onvermijdelijk, deze mensen waren beïnvloed door de rorks in wier midden ze waren opgegroeid. Maar net als een lichtstraal die door een transparante stof gaat door die stof wordt gekleurd, zo moesten de invloeden van de rorks zijn vervormd door de radicaal andere aard van de mens.

Het was een nieuw, fascinerend onderwerp voor research, maar voor het ogenblik kon hij er alleen maar over speculeren. En daarbij speculeerde hij ook over hoe het kwam dat hij deze mensen in het zuiden van Rorkland nooit was tegengekomen en er in het noorden nooit over had horen spreken. Hij bracht het ter sprake, vertaalde Tuns reactie onbewust in gewone taal.

"We blijven in het hartland. We zijn bang om door andere mensen gezien te worden. Als ze onze groten doden dan doden ze ons misschien ook."

Ze haatten de bramenstruik niet waarin ze, om het zo maar eens te zeggen, gegooid waren, nee, integendeel, ze zochten de veiligheid die het ondoordringbaarste gedeelte hun bood. De rorks waren geen monsters, geen woeste menseneters. Verre van dat. Ze waren in essentie heel vredelievend. Maar — Ran moest het vragen — vielen de rorks nooit mensen aan? Was dan niet één verhaal waar?

"Kun jij vliegen, Ran'k?" vroeg Tun, met de rorkachtige klik die hij altijd na Rans naam zei.

"Nee, natuurlijk niet."

Tun bromde nadenkend, zocht naar woorden. "Nee, je kunt niet vliegen. En zo kunnen de groten je ook niet aanvallen, als jij hen niet aanvalt. Ze kunnen het niet. Ze willen het niet. Ze kunnen het niet. Maar als jij ze aanvalt dan kunnen ze het wel. Dan doen ze het ook. Waarom niet?" Inderdaad, waarom niet? Blijkbaar waren de rorks dus niet agressief van aard.

Af en toe ging Tun zonder iets te zeggen zitten en bemoeide zich dan een tijdlang niet met hen, sloot zich zelfs zó af dat het niet duidelijk was of hij hen nog zag of hoorde. Soms zweeg hij en soms bromde hij heel zacht, woordeloos, voor zover Ran kon nagaan, en altijd zat hij met zijn gezicht naar de zon. Later kon of wilde hij niet uitleggen wat hij deed en waarom; hij haalde alleen even zijn schouders op, en glimlachte flauwtjes — een eigenaardige, onbeschrijflijke, en volstrekt niet-menselijke glimlach.

"Doen de rorks dit?" vroeg Ran.

Een even bewegen van het hoofd, een even bewegen van de hand, schouders die even omhooggingen, de mystieke glimlach.

De rorks. Eeuwenlang hadden de mensen op Pia 2 geloofd dat de rorks haaien waren. Nu begon Ran erachter te komen dat ze eigenlijk veel meer weg hadden van schildpadden. Hij had nog veel, veel, veel te leren.

Een derde vondeling — hij was mager en had rood haar en een rode baard — was van een heuvel komen lopen om met hen te spreken: Tun had niets gezegd, en Lomar en Norna evenmin. Ze had zich niet eens verroerd of een gebaar gemaakt. Maar het was alsof hij haar angst voelde. Hij liep in een boog op hen toe, zodat hij een eindje van haar vandaan bleef, en kwam toen naar Tun gelopen en begon met hem te spreken, met onbegrijpelijke gebaren en onbekende klanken.

Wat hij te zeggen had was duidelijk verdrietig; dat bleek uit beider gedrag. Toen het gesprek even stokte, mengde Lomar zich ertussen om te vragen wat er aan de hand was.

"Daar —" Tun gebaarde. "Een man en drie rorks. Allemaal beven."

"Beven?" Niet-begrijpend herhaalde Ran het woord. De roodharige nieuwkomer keek hem ernstig aan, gooide zijn hoofd toen iets achterover en zei aarzelend: "Koorts." En maakte daarna met gebaren duidelijk wat hij bedoelde.

"Koorts?" Opeens begreep hij het. "Tockkoorts?"

"Tah'k hoorts," zei de rode man instemmend. Tun maakte zijn bekende spijtige, troostende geluidje. Niemand kon iets doen, niemand deed zelfs de suggestie om iets te doen, en zo, met nog wat vreemde gebaren en geluiden, gingen ze uit elkaar.

Het land waar ze nu doorheen trokken werd gekenmerkt door brede open stukken, met geel geworden gras dat nog steeds boven de dunne sneeuwlaag uitstak. Ran bedacht hoe anders de geschiedenis van het continent en van iedereen die er leefde gelopen zou zijn als de eerste lichting kolonisten vee was gaan fokken. Maar Buiten hadden ze Pia 2 blijkbaar meteen vanaf het begin alleen maar gezien als een bron voor roodvleugel, en dat was het gebleven. Hij vroeg zich af of het goede dat de plant in de rest van de Melkweg had gedaan opwoog tegen het kwaad dat hij deze wereld had aangedaan en nog aan deed.

En toen, bijna met een klik, kwam hij weer terug bij het belangrijkste wat hij zonet gehoord had. Dus Tockkoorts was hier doorgedrongen, was misschien hier gekomen via een geadopteerd kind, en zelfs de rorks waren er gevoelig voor. Een ziekte waarvoor meerdere rassen gevoelig waren was zeker geen onbekend iets. Maar, maar, hij ging te veel uit van assumpties, sprong met zijn conclusies van hot naar her. Misschien was de ziekte wel afkomstig van de rorks, en waren de Tocks ermee besmet geraakt.

Hoe rorks erop reageerden wist hij niet. Hoe Tocks erop reageerden, dat wist hij heel goed.

Een andere gedachte kwam bij hem op en hij vroeg Tun ernaar. Als de rips zwermden...

"Niet hier, niet door dit deel van het land," zei Tun. "Meestal horen we wel wanneer ze er aankomen, worden we gewaarschuwd welke kant ze opgaan. En we maken dat we wegkomen, als we kunnen." Rorks die rips aanvoerden? Nooit. De rorks die Ran en Harb voor de massa rips uit hadden zien rennen waren voor ze op de vlucht. Meestal konden de grote wezens zich goed handhaven, alleen in de cyclische periode, als de kleine roofdieren zwermden, dan waren er te veel voor de rorks.

En zo kwam Ran Lomar steeds meer te weten terwijl hij en Norna en Tun naar het noorden trokken. Hij had meer kunnen leren, meer kunnen zien en ervaren als Norna er niet bij geweest was. Al scheen haar angst voor de vreemde mannen heel wat minder te worden, hij verdween nooit helemaal. En wat de rorks betreft: haar reactie op ze veranderde ook en ze vluchtte niet gillend meer weg als ze er een van dichtbij zag. Mits hij niet té dichtbij was en Lomar pal naast haar stond en als hij niet dichterbij kwam. Maar verder ging die verandering niet.

En ze gaf nooit blijk van enige nieuwsgierigheid naar wat de rorks waren en deden. Dat ergerde hem nog het meest, maar die irritatie werd minder toen hij besefte dat de rorks zich ook niet zo erg voor hen schenen te interesseren. Misschien omdat Tun paspoort genoeg was, en andere dingen dan de vrede die zijn aanwezigheid hun garandeerde niet belangrijk waren; misschien omdat ze nog last hadden van de koude en van de veranderingen in hun lichaam.

En zo trokken ze langs Holle Rots, hoog oprijzend in de verte, en op een dag, toen ze over een smalle pas liepen, tussen twee overhangende rotswanden, en het langzame *drup-drup* van het water hoorden, een paar dagen voor ze Laatste Rand in het zicht kregen, bracht Norna het zelf onder woorden.

"Ranny?" zei ze, terwijl ze stil bleef staan en hem aankeek met een mengeling van blijdschap en verwarring. "Ranny? Luister! De sneeuw smelt."

"Ja. De sneeuw smelt meestal om deze tijd van het jaar. Of niet?"

Half-geërgerd, half-speels stompte ze hem even tegen zijn schouder. "Ja, hij smelt meestal rond deze tijd van het jaar. Maar Ranny, dat betekent dat de Koude Tijd zowats voorbij is — en wij is er bijna, in het noorden, bij het Gilde. En we is nog in leven!"

HOOFDSTUK 6

Tun wilde niet verder toen ze Laatste Rand in het oog hadden gekregen. Hij had het hun gezegd, maar dat hij zonder een woord verdween was zo onverwacht dat Ran riep en dat ze een heel tijdje naar hem bleven uitkijken voor ze aanvaardden dat hij echt weg was.

Rook steeg op van de Rand. Ze begroetten het met een eigen vuur, en kwamen er dus niet achter dat hun komst onverwacht was. De rook was niet voor hen bestemd geweest. Ene Korte, een Tamme Tock, had het idee gekregen om te gaan vissen in de serie poelen die werden gevoed door hetzelfde meertje waarin (dat leek nu wel een miljoen jaar geleden) Lomar en Rango zich hadden gewassen. Bij hem waren zijn vrouw van het ogenblik en een halfvolwassen jongen, die in ieder geval haar zoon was, misschien wel Korte's zoon, en misschien ook wel haar eigen halfbroer. De familieverhoudingen van de Tamme Tocks waren vaak complex genoeg om een heel team van antropologen en genetici tot wanhoop te drijven. Het vuur was aangestoken voor een buitengewoon prozaïsch doel: Korte wilde een paar visjes roosteren.

Als er opeens midden in de lucht rook was opgekringeld had Korte's huisie niet meer in rep en roer kunnen raken dan nu gebeurde toen ze rook zagen opstijgen uit Rorkland. Dit jaar was er in de Koude Tijd niemand geweest, waarschijnlijk omdat er overal koorts heerste.

Wat het vuur zou kunnen betekenen, daar had Korte geen idee van, en hij was niet van plan om te blijven waar hij was tot hij erachter kwam. Hij maakte dat hij weg kwam en verdween richting Tockystad, op heel korte afstand gevolgd door de de facto morganatische mevrouw Korte.

De jongen woog slim de afstand tussen hem en het vuur en de tijd die de vissen nog nodig hadden tegen elkaar af, en zijn jonge honger deed hem besluiten om maar te wachten tot ze gaar waren.

Laatste Rand was weggezonken in het schemerlicht, was weer in de dageraad tevoorschijn gekomen en werd nu geleidelijk aan groter toen een gonzend geluid boven hen Lomars aandacht trok. Hij draafde naar een open plek, Norna met zich meeslepend en zwaaide wild naar de zwever met het vaantje van de Bevelvoerend Officier aan de staart.

"Jochie, je hebt me een beroerde winter bezorgd," zei Tan Carlo Harb, zijn grote gezicht ernstig.

"We hebben zelf ook niet zo'n fijne winter gehad," zei Lomar. "O, ik wil u graag voorstellen aan juffrouw Norna..." Zijn stem verstierf. Hij kon zich met de beste wil van de wereld haar achternaam niet meer herinneren, en zij, zo te zien met stomheid geslagen, sprong niet bij. "Ze is verwant aan de Meester Mallardy, en de dochter van Oud Kanon." Iets deed hem daaraan toevoegen: "Ze is mijn... niet mijn dochter, verdomme. Maarre..."

De BO zei: "Ik begrijp het helemaal. Denk ik. Zo. En zouden jullie nu maar niet snel aan boord hoppen? Voor iets met zevenentachtig poten uit de struiken komt springen en allerlei afschuwelijke dingen met ons begint te doen. Hop!"

Ze hopten.

Onder en achter hen gleed Rorkland weg in een postimpressionistische nevel. Toen hij weer in de zwever zat, met zijn vertrouwde geur van brandstof en roestwerende middelen en de geparfumeerde lotion van de BO, de vertrouwde aanwezigheid, het uniform van de BO, voelde Ran een vreemd is-het-allemaal-een-droom-geweest-gevoel over zich heen kruipen. Weer klonken in zijn oren de rauwe, luide kreten van Flinders en Flinders' mannen, het gerommel van de rorks, de vreemde intonatie van Tuns stem. Aan de ene kant zat de schone, goed geklede, goed doorvoede gestalte van Tan Carlo Harb. Maar aan de andere kant zat Norna, nog steeds in de kleren die ze aan had gehad toen ze waren ontvoerd.

"Ik wil helemaal niet beledigend klinken," zei Harb met afgewend gezicht, "maar om heel eerlijk te zijn denk ik dat jullie kortgeleden in aanraking geweest zijn met iets, eh, onplezierigs, en eh..."

Lomar schoot in de lach. "Wat u bedoelt is zeker dat we allebei stinken? Het zou een wonder zijn als dat niet zo was. Maar het is wel raar, hoor. Op de Oude Aarde begon ik warm water al te missen als ik er een uur vandaan was. En —"

"In het handschoenenkastje," zei Harb stijfjes, "vind je een aromatiseur. Vat het alsjeblieft niet persoonlijk op. Maar gebruik hem."

Terwijl hij sprayde, ging Ran verder. "En dit keer dacht ik er niet eens aan. Zo. Nu beter?" Een scherp-zoete, wat weeë geur omhulde hem.

Harb draaide zijn hoofd om. "Veel en veel beter. Je hebt gemerkt dat ik je niets heb gevraagd over waar je geweest bent. Laat staan waarom. Maar, als je doorgaat met niets te zeggen ga ik gillen. Wel?"

Langzaam ademde Ran uit. "Ja..." begon hij. Naast hem zat Norna diep in elkaar gedoken, stil en stom, al bang om over het zijboord te leunen of door het raam te kijken.

"Gezond verstand zegt me dat je onmogelijk helemaal te voet uit het zuiden gekomen kunt zijn en met deze jongedame bij je. Niet helemaal door Rorkland. Onmogelijk. Maar logica zegt dat het zo gegaan moet zijn. Je bent eigenlijk een ergerlijk koppig mannetje, weet je dat. Ik vrees dat het toch zo gegaan is, ook al kan het zo helemaal niet gegaan zijn. Nou?"

De besneeuwde velden, de geur van smeulende roerlont, de zure, hongerige stank van Flinders Kamp, de norse, naakte rotsen die erheen voerden, de snijdend koude regen, de stekende sneeuw, de overweldigende veelkleurige pracht van de Vlakte van het Licht, de rork die praatte, de archaïsche glimlach van de mannen die als levende legenden in hun midden leefden... Al zijn dromen voor zijn leven op Pia 2 waren werkelijkheid geworden, en zoveel meer nog dan dat, terwijl hij het zelf zo helemaal niet bedoeld had.

Hij besefte pas dat hij was begonnen te praten toen de BO de zwever aan de grond zette en hij in de onverwachte stilte zijn eigen stem hoorde.

Wat het resultaat van zijn verhaal betreft had hij net zo goed boven de hete pap kunnen zitten praten om hem koud te krijgen. Het zou te veel gezegd zijn als hij Tan Carlo Harb van ongeloof had beschuldigd. De man geloofde wel degelijk iets van wat hem was verteld, dat was duidelijk, maar hoeveel was twijfelachtig. Lomars verhaal leverde ongeveer deze reacties op: Lomars lange afwezigheid: "Natuurlijk niet je eigen schuld."

De moord op Oud Kanon: "Zonde van de beste man. Had beter moeten weten."

Het ontvoeren van Ran en Norna: "Nogal rauwe ideeën over gastvrijheid hebben ze daar, hè, jongen?"

Flinders' plan om het Gildestation aan te vallen: "Ha ha ha ha ha!"

De Vlakte van het Licht: "Mooi, hè?"

Rorks kunnen spreken: "Papegaaien ook, dat weet je toch? Polly wil roodkruid, eh? Hie hie!"

De geadopteerde mensen: "Ze vetmesten voor de slacht. Tsk."

En zo ging het door en door, tot, ten slotte: "Nou, nou, nou, jammer, zeg. Een hele winter naar de bliksem. Zorgen? Je hebt er geen idee van hoeveel zorgen ik me om je gemaakt heb. En wat ik nu wil dat je doet is dat je een lekkere warme douche neemt. En wees niet zuinig met zeep. En dan vannacht lekker... slapen, mmm." Lepe blik opzij naar Norna. "En morgenochtend ga je naar de Medisch Assistent. Je hebt, eh, nou ja, iets lelijks te pakken gehad, en we moeten er toch zeker van zijn dat er niet meer van die enge beestjes in je lijf zitten. En kom dan eten. Ik heb een nieuw spel tevoorschijn gehaald dat ik graag wil spelen met iemand die redelijk intelligent is. En nu ervandoor."

Geen bevelen om de troepen uit te laten rukken, geen opdrachten, geen vragen, geen plannen en nauwelijks enige interesse.

"Ik had het kunnen weten," zei hij tegen Norna. Maar het was maar één voorval te midden van zoveel voorvallen en er waren nog zoveel andere dingen die hij moest doen en waarover hij na moest denken. Een warme douche... Het was de eerste douche die Norna ooit had gehad, afgezien van wat geplas met een emmer en een natte lap, en Rans gretige schrobben weerhield hem er niet van om haar te laten zien hoe het moest. De douche duurde een paar uur, met interessante experimenten en meer dan één nieuw spel waarin de BO wel geïnteresseerd zou zijn geweest, zij het alleen in negatieve zin.

Geen comité van verontwaardigde dames kwam protesteren tegen Norna's aanwezigheid. Sommigen negeerden de hele gebeurtenis, anderen vonden het een nieuwigheidje en zagen daarom het ongewone van de situatie over het hoofd, en velen waren te verstijfd van verbazing voor een adequate reactie. Toen ze eenmaal gewassen was, en verzorgd en aangekleed in haastig bij elkaar gebedelde en geleende kleren, onvermijdelijk hier een tikje te groot en daar een tikje te klein, sloeg Norna een goed figuur. Toen iemand zijn vrouw en dochter besloten dat het geen kwaad kon om vriendschap met haar te sluiten werden ze geamuseerd en vertederd door haar naïeve reacties op heel veel dingen waarover zij allang niet meer nadachten, die hen zelfs verveelden. Zij op haar beurt vond het verrukkelijk om voor het eerst in haar leven vriendinnen te hebben die deel uitmaakten van een wereld waarvan ze daarvoor alleen af en toe een glimp had kunnen opvangen via haar vader, en later via Lomar.

Norna was dus geen probleem. Ook geen probleem, zo bleek, was de Medisch Assistent, een kleine grijze mol van een man, die een beetje liefhebberde in botanie en sarn speelde, een beetje vals, en meer dan een beetje zoop.

"Niks met je aan de hand," zei de MA. "Alleen maar een beetje onder de norm wat je gewicht betreft. Goed eten, dat moet je. Een borrel?"

"Ik heb al — hoelang al? — geen borrel gedronken. Ja. Zeker. Heel graag zelfs."

Flessen en glazen werden handig en snel uit een medicijnkastje tevoorschijn gehaald en de kleine arts mixte tevreden twee noggins. "Dode rorks."

"Proost," zei Lomar na een ogenblik.

"Wat weet jij van Tockkoorts?" vroeg hij, na nog een ogenblik.

De Medisch Assistent knipperde met zijn ogen. "Niet zo veel. Ik behandel geen Tocks. Daarvoor zou ik een ziekenhuis met een hoop personeel en een hoop spullen nodig hebben. O ja, af en toe zorg ik weleens voor een bediende. Altijd een genoegen om een collega van het Gilde een genoegen te doen. Anders zou ik van de sokken gelopen worden, nee, wil je nog een glas, ja, ik drink met je mee, hou je gezelschap, nee, eigenlijk zou ik dat waarschijnlijk niet, van de sokken gelopen worden, bedoel ik. De meeste Tocks in de bush zijn doodsbang voor me, weet je, huh huh, ik zou niet weten waarom. O ja, Tockkoorts… Nou, het is een lichte koorts die maar niet weggaat en maar niet weggaat. Moeilijk om ervan af te komen. Sommigen gaan eraan dood en anderen niet. Waarom?"

De allereerste vage schim van een idee begon heel langzaam op te komen bij Lomar. "Heb je statistische gegevens over de tijdstippen waarop Tockkoorts is uitgebroken?"

"Wat...Tockkoorts? Nee," zei de kleine man wat verbaasd, en aaide over zijn onderlip. "Neee...Hoewel. Mmm. Dat is te zeggen...Heb je belangstelling voor botanie? O. Pardon. Ik laat me door mijn hobby meeslepen, bijna niemand heeft belangstelling voor botanie, alleen ik. Eh, ja, gegevens. Ik hou een dagboek bij. Heb al veertig jaar een dagboek, jongeman. Wat vind je daarvan?"

Geweldig. Ran vond het geweldig. Schitterend zelfs. De muizige kleine dokter straalde. En in zijn dagboek noteerde hij, dat was zo een routine van hem, wat er die dag gebeurd was en wat er die dag aan rapportjes op te maken was geweest. Ook, wanneer die uitbrak, Tockkoorts. Het stond allemaal in zijn dagboek, één deel per jaar. Kon hij dat dagboek doorlopen en een soort schema aanleggen van wanneer de koorts was uitgebroken, jaar, maand, dag? Waarom? Ja...Jaaa...Ja, dat kon wel. Ja, dat zou hij doen.

"Maar het duurt wel even, hoor," waarschuwde hij opgewekt. "Per slot, nou ja, je begrijpt, veertig jaar...Maar het geeft niet. Voor een collega sta ik graag klaar. Heb je belangstelling voor botanie? O, dat heb ik al gevraagd. Nog een borrel?"

Ran nam zijn werk niet gewoon weer op, nee, hij stortte zich erop met een in de loop van de afgelopen weken opgekropte energie die niet alleen een uitweg eiste, maar ook resultaten. Hij ontdekte dat tijdens zijn afwezigheid zijn plannen volkomen in het slop waren geraakt. Er kwam minder roodvleugel binnen dan ooit.

Ouwe Cap hield nog steeds toezicht op de trage tocht van de roodvleugel door de droogschuur, net als hij altijd had gedaan, precies zoals het hoorde. De beheerder van de winkel woog wat de Tocks binnen brachten, trok er het gebruikelijke bedrag af voor door de vorst aangetaste roodvleugel en gaf hun de gebruikelijke fiches. De Tocks kochten kleren, spullen voor hun tockyrot, nieuwe hakken en wat ze verder nog nodig hadden en gingen terug naar hun gore huisies voor hun gebruikelijke drinkgelagen. En waren daarna, en ook dat was niet anders dan daarvoor, weer dagenlang ziek.

En de productie was omlaag gegaan, omlaag, omlaag, hopsa heisa omlaag.

Hij bestudeerde de gegevens, hij liep de fermenteerschuren in en uit, hij praatte met de Tocks als ze met hun bossen roodkruid binnen kwamen, hij peinsde over Rorkland dat hij in vuur en vlam had zien staan van de roodvleugel, zo had het althans geleken. En toen hij daarmee klaar was, zat hij uren achter zijn bureau en stelde plannen op. En gooide ze in de prullenbak.

"Een borrel?" zei Reldon.

"Een borrel?" zei Arlan.

"Een borrel?" zei Harb.

"Een borrel?" zei Cap.

En Ran zei: "Eh...Ja. Graag."

's Avonds was Norna er en vertelde gretig over de nieuwtjes van de dag, voor haar allemaal grootse gebeurtenissen. Eerst was dat lief, toen saai, toen vervelend, en ten slotte werd het ergerlijk. Ze viel hem er na verloop van tijd niet meer lastig mee, liet hem doen wat hij met haar wilde, en daarna viel hij in slaap.

Op een dag kwam het grijze Klein Duimpje, de Medisch Assistent, zijn kantoor binnengedraafd en riep: "Ik heb je nooit mijn mossen laten zien, hè? Kijk es! Kijk es hoe ik ze heb opgezet! Het hele systeem zelf bedacht, wist je dat? Dit is...O nee, helemaal niet. Aha, hier..."

Een herinnering roerde zich in Lomars brein, eerst vaag, toen steeds helderder.

"Heb je dat dagboek van je nog nagelopen of ben je daar nooit aan toe gekomen?"

Het kleine mannetje keek verrast op van zijn mossen. "Eh, ja. Nooit aan je gegeven. O, dat spijt me." Hij rommelde in zijn zakken, haalde er triomfantelijk iets uit. "Hier dan. En nu, ja, nu de mossen."

In zijn handen (de MA met mossen en al eindelijk verdwenen) had Lomar iets wat misschien een van de belangrijkste documenten uit de geschiedenis van Pia 2 zou kunnen blijken te zijn. Maar als het niet door andere gegevens bevestigd werd was het alleen maar een interessant stuk papier. Hij legde het weg, op een veilige plaats, en ging op zoek naar de andere gegevens.

Het verzonken gebouw waarin de zware generatoren zaten scheen eerst verlaten te zijn, maar nadat Ran wat had geroepen en geschreeuwd gleed een deur open en verscheen de schoonmaak-Tock. Hij keek wie er was, zijn hoofd verdween weer en dook toen opnieuw op. Hij wenkte. Ran liep achter hem aan, de smalle loopbrug over en de gang in, terwijl een vreemde, vrij sterke geur steeds vreemder en sterker werd, en belandde uiteindelijk in een vertrek dat op een tafel, een stoel, een grote kan en wat onbekend-uitziende apparatuur na leeg was. Elzel Eads, Assistent Machines, keek op, en veegde zijn baksteenkleurige gezicht af. "Ho daar, een onverwacht genoegen," zei hij. "Jij hebt weten-schappelijke belangstelling, vermoed ik. Dan zou je belangstelling moeten hebben voor dit kleine experiment."

"Is dat wat ik ruik?"

"Ruiken? Ruiken, da's een goeie. Het stinkt. We hebben nog niet alle, ja, hoe zeg je dat, rimpels gladgestreken." Hij stak Ran de kan toe. "Weet je wat dit is? Je zou het de triomf van de kunst over de natuur kunnen noemen. Ooit gehoord van tockyrot? Ha, natuurlijk. Verschrikkelijke troep, vind je niet? Vol on-zui-ver-he-den. Geen won-der dat de arme sloebers, om ze zo maar es te noemen, de hele tijd ziek zijn en zo. Niet waar, Klomp?"

De Tock knikte plechtig, zijn ogen op de kan gericht. "Nou, mijn hart bloedt voor de arme zieke donders, dus weet je wat ik heb gedaan? Ik heb een hoop van dat spul gemaakt, tockyrot, dus. Dat is een gefer-menteerde drank. Begrijp je wat dat is, fermentatie? Goed zo. En ik heb, en nou even goed opletten, ik heb het ge-des-til-leerd. Jazeker. Al die verschrikkelijke onzuiverheden eruit gedestilleerd. En het resultaat is dat het nou zo zuiver en zacht is als moedermelk — vergeef me de uitdrukking. Hier, proef maar."

Ran proefde en gaf de kan terug met ogen die even vochtig waren als zijn mond. "Dat is me nogal wat wat je daar gemaakt hebt, Chief," zei hij. "Bedankt. De Tocks zouden je dankbaar moeten zijn." De AM straalde. Ran wees, aarzelde, slikte. "Dat is toch geen generator, hè?"

Luid klonk het gelach van de AM. Wie kon nou een zelf gefabri-ceerde destilleerketel verwarren met een generator? Hij klopte Ran op zijn schouder en trok hem aan de elleboog mee, een tweede loopbrug over. "Dat daar, dát is een generator. De andere staat aan de andere kant. Nogal een verschil, vind je niet?"

Een nauwelijks hoorbaar gezoem was te horen. Vergeleken met de generatoren die hij even had gezien op Wisselpunt Tien, was dit een antieke stoommachine. Maar hij zorgde er wel voor dat hij behoorlijk onder de indruk leek. "Je houdt ze schitterend bij," zei hij. Dat was in ieder geval waar. "Hoe hoog kun je ze krijgen?"

De AM tuitte zijn dikke lippen. "Behoorlijk hoog, als dat nodig is. Tot 90.000 als het moet."

"Zo hoog?"

Eads knikte gewichtig.

"Maar zo hoog gaan ze toch niet vaak?"

"O, nee. Helemaal niet nodig. Alleen als de krachtvelden werken. En je weet hoe zelden dat gebeurt."

Maar, zei Ran, dat wist hij nu juist niet. Een discussie volgde, hij probeerde, op een heel vriendelijke manier, te weten te komen wat hij te weten wilde komen, en de MA zorgde, al even vriendelijk, al kostte het wel heel wat gezoek en gerommel, dat hij daarin slaagde. Tijdens het zoeken werd de kan even vaak aangesproken als de archieven geraadpleegd, zodat Ran ietwat scheef het gebouw verliet. Het leek hem maar het beste om even te pauzeren.

Norna was in de kamer toen hij binnenkwam en zich uit begon te kleden om onder de douche te gaan. "Hallo," zei hij. "Zo vroeg al thuis? Hoe is het met je nieuwe vrienden?"

Ze mompelde iets. Hij kleedde zich verder uit. Na een ogenblik vroeg hij: "Wat?"

"Ze hèts genoeg van me, zegs ik. Waarom niet? Gewoon een Wilde Tock, weet niks..." Haar stem stierf weer weg in gemompel. Een ogenblik bleef hij aarzelend, naakt, in de deuropening staan. Eigenlijk had hij haar wel willen troosten, naast haar willen gaan zitten, met haar ergens heen willen gaan, iets met haar willen doen. Maar hij was nog steeds een beetje suf van de drank, hij had die douche nodig, en daarna wilde hij heel graag verder met het volgende stadium van zijn onderzoek. En dus zei hij niets, ging de badkamer in en liet het water op zich neerstriemen. Ze was verdwenen toen hij er weer uit kwam om zich af te drogen en aan te kleden.

Een astronoom uit het verre verleden had, dat had hij in zijn jeugd bijna ad nauseam van de infomechs gehoord, een keer berekend wanneer een onbekende planeet, als hij tenminste bestond, moest verschijnen en met telescopen kon worden geobserveerd. Elk oog dat zo'n instrument bezat was er waarschijnlijk tegenaan gedrukt toen het geprofeteerde ogenblik aanbrak en, ziedaar, de nieuwe planeet conform schema de menselijke gezichtswereld binnengleed. Al was Lomar zó vaak met het verhaal verveeld dat hij weleens had gewenst dat de man nooit geboren was, nu deelde hij bewust hetzelfde soort vreugde.

De zogenaamde babycomputer, de enige die het Gildestation ooit had gehad, was al verouderd toen hij hier werd geïnstalleerd, maar voor het doel waarvoor Ran hem nodig had was hij heel goed bruikbaar. Hij stopte er twee series gegevens in, hij kreeg er één grafiek uit. Wat hij eerst had vermoed (hij wist nauwelijks meer hoe of waarom) werd nu door de feiten bevestigd. De wetenschap van de epidemiologie eiste natuurlijk, en terecht, meer bewijzen: microbiologie, controlegroepen enzovoort. Microbiologie werd op Pia 2 niet beoefend. De bewijzen waren voor Ran Lomar overtuigend genoeg.

MV: maand II, dag 3 — maand II, dag 13, jaar 600 (Nieuwe Cyclus)
TK: maand III, dag 2, jaar 600
MV: maand IV, dag 20 — maand V, dag 1, jaar 604
TK: maand V, dag 22, jaar 604
MV: maand III, dag 8 — maand III, dag 18, jaar 611
TK: maand IV, dag 7, jaar 611
MV: maand V, dag 17 — maand V, dag 27, jaar 617
TK: maand VI, dag 15, jaar 617

En zo ging het verder, tot aan dit jaar toe. De generatoren van het Station leverden gemiddeld tien dagen maximaal vermogen (MV). Gemiddeld twintig dagen later brak er Tockkoorts (TK) uit. Uit de gegevens van de MA bleek niet hoelang de koorts duurde. De koorts werd in zekere zin als een inheemse aandoening beschouwd; hij was nooit helemaal weg. Dacht men. Niemand wist het zeker, niemand had de moeite genomen om er onderzoek naar te doen. Gildeleden en hun gezinnen hadden allemaal een algemene immunisatie gekregen. Dat was routine. Ze kregen toch wel elke besmettelijke ziekte die in de Melkweg bekend was, maar het was wel duidelijk dat Tockkoorts binnen het spectrum van de immunisatie lag. Gildemensen hadden geen last van Tockkoorts. En daarmee was voor het Gilde de kous af.

Er was geen reden om aan te nemen dat de Tocks, Tamme en Wilde, niet goed zouden reageren. Maar het immunisatiemiddel werd een wildernis aan lichtjaren van Pia 2 gefabriceerd, helemaal aan de andere kant van de Melkweg; het was duur, het was kostbaar. Omdat door de geboortebeperking de bevolkingsgrootte bekend was, wist de Medische Dienst precies hoeveel ze moesten maken, en zoveel werd ook gemaakt, en niet meer. Er was geen reden om de Tocks een voorkeursbehandeling te geven, ze te bevoordelen boven de Chickers, de Twee Stammen, de Roodharige Mensen, de Arme Groenen of een van de andere groepen die verstoken bleven van de zegeningen van de Medische Dienst. Geen reden in deze op stasis gerichte samenleving. Als er een actiegroep werd georganiseerd, een sterke actiegroep, die niet alleen de aandacht vestigde op niet-financiële overwegingen, zoals 'menselijkheid' of 'barmhartigheid', maar ook op het feit dat gezonde Tocks voor een grotere roodvleugeloogst zorgden, en als zo'n actiegroep jaar in jaar uit bezig bleef, decennium na decennium onvermoeibaar bleef doorvechten, dan was na een paar generaties het pleit misschien wel gewonnen.

En misschien waren de Tocks dan wel allemaal dood.

Nee, de MA, zijn aandacht gevangen door mossen, paddenstoelen en andere aspecten van zijn botanische hobby, had niet de moeite genomen om de duur van zo'n koortsaanval op te schrijven. Maar het was volkomen duidelijk dat de Tockkoorts keer op keer ongeveer twintig dagen na het terugbrengen van het maximumvermogen van de generatoren uitbrak.

De generatoren leverden het maximale vermogen alleen als de krachtvelden in stand moesten worden gehouden. En de krachtvelden werden alleen gebruikt om de rips buiten te houden als die gingen zwermen.

Daarom was het niet zo dat mensen de ziekte overbrachten op rorks, of rorks op mensen. Nee, het was heel duidelijk hoe de Tockkoorts werd verspreid. Door de rips!

Lomar stond op uit de stoel waarin hij naar de grafiek had zitten kijken en liep weg van de computer, trillend van gretigheid en nieuwe ideeën. Hij had nu een geraamte van nieuwe kennis over de oorzaak van de ziekte die de Tocks ruïneerde en de rorks decimeerde — maar meer kennis zou waarschijnlijk nutteloos zijn. Hij was niet beter dan de middelen waarover hij beschikte. Vaag herinnerde hij zich verhalen over epidemieën van vroeger, op de Oude Aarde, overgebracht door muskieten. Die legden hun eitjes in moerassen, stilstaand water, en toen die werden drooggelegd of overdekt met olie, zodat de larven stierven (kon daaruit dat oude spreekwoord zijn ontstaan over 'olie op de golven gooien'?) waren de ziekten verdwenen. Er was ongetwijfeld meer bij komen kijken. Waarschijnlijk serums en andere profylactische medicijnen.

Maar de essentie was toch wel dit: vernietig de hoofdoorzaak, en de ziekte wordt minder.

De rips moesten dus worden vernietigd. En dit was het jaar waarin dat moest gebeuren, nu het vrijwel onverklaarbare zwermen voorbij was en de overlevende dieren — na de massale sterfte aan het water — zieker en zwakker waren. Dat had hij met eigen ogen gezien. Maar de meeste rips waren in Rorkland, waar mensen niet durfden te komen. Hoe moest het dan worden gedaan — als het werd gedaan? Ja, het moest worden gedaan. En hoelang hij er ook over nadacht, de enige oplossing die hij wist te bedenken was deze:

De rorks hadden evenveel baat bij het uitroeien van de ziekte als de mensen; daarom zouden mensen en rorks eigenlijk moeten samenwerken. Daarom móesten mensen en rorks samenwerken. En hij moest daarvoor zorgen. Er was niemand anders die het kon. Maar hoe zelfs hij het klaar kon spelen, dat was iets waar hij niet op kon komen. Hij wist dat de rorks eigenlijk heel vreedzame wezens waren, maar hoe kon hij anderen daarvan overtuigen? Het woord alleen al was een synoniem voor angst, haat, afschuw, wreedheid. Wat zeiden de Gildeleden tegen elkaar als ze zich op hun gemak voelden? Dode rorks!

Nee, niemand zou zich zo'n samenwerking kunnen voorstellen. Alleen hij kon het.

Hij had er in ieder geval met Norna over willen praten, maar op een middag, toen hij zijn werk even terzijde gelegd had, het vaste besluit had genomen om zich te ontworstelen aan wat hem de hele dag bezighield en met haar ergens heen te gaan, en naar zijn U was gelopen, ontdekte hij dat ze was verdwenen.

"Tja, je weet hoe het gaat," zei de vrouw van iemand. "Ik mocht haar graag en ik probeerde haar altijd wel op haar gemak te stellen, maar, ja, er waren er niet veel die dat ook deden. Je weet hoe ze hier zijn. Stijf. Oude fossielen, dat zijn het. En een paar van de anderen, de meeste anderen, denk ik, deden zo neerbuigend, zo kinderachtig. Ik kon er erg nijdig over worden. Haar moeder was toch geen *tamme* Tock!"

Geen tamme Tock. Hij begreep het allemaal best. En kon niet ontkennen dat hij er zelf ook schuld aan had, door zijn onverschilligheid van de laatste tijd, door zijn bezig-zijn met zijn werk, door zijn doodnormaal vinden dat ze er was. Hij had haar gebruikt als het eerste het beste meubelstuk, een deel van het interieur. Ran Lomar was niet erg gewend aan zelfkritiek. Dat was geen kenmerk van zijn tijd en de maatschappij waarin hij leefde. Maar hij kon er nu niet aan ontsnappen. Dat wil zeggen, niet helemaal. Maar erg lang volhouden kon hij het ook niet.

Zei de ouwe Cap, nadat hij Ran verteld had dat partij 490 uit de fermenteerschuur was gehaald en klaar was om te worden verpakt en dat dus alle andere partijen één plaatsje opgeschoven waren; de ouwe Cap zei: "Hm, het verbaast me niet, nee. Bloed kruipt waar het niet gaan kan. Haar vader die kende ik goed, Oud Kanon, maar haar moeder was een Tocky, en als je het op de keper beschouwt wat is ze zelf dan? Precies, ja, zelf is ze ook een Tocky! Goeie morgen, ja! En daarom is het logisch dat ze bij ons weggaat, naar Tockystad. Wild, Tam, Noord, Zuid, wat is er voor verschil?"

Ran wilde haar eigenlijk achterna gaan, haar zijn excuses aanbieden, met haar redeneren, argumenteren, proberen haar terug te halen. Maar de weg naar Tockystad liep langs zijn U en hij stapte naar binnen om zich te verkleden en de zware, bittere geur van de fermenteerschuur kwijt te raken. Iemand was in zijn kamer, iemand zat te neuriën.

"Je bent teruggekomen," riep hij. "Wat fijn!"

"Ik vind het ook fijn," zei ze. "En ik vind het fijn dat jij het fijn vindt."

"Lindel," zei hij.

Ze zat met haar benen onder zich gekruist op het bed, haar gezicht in haar handen. Ze knikte. "Ja, Lindel. Wist je dat ik terug zou komen?

Ik dacht wel dat je genoeg zou krijgen van haar. Ik heb weleens een jonge Tocky als minnaar gehad. Hij wilde en kon altijd. Maar al te graag zelfs. Maar verder was er niets. Hoe zou het ook kunnen? En dus... Ik vond het natuurlijk wel erg. Hoe kan ik zeggen dat ik het niet erg vond? Maar ik heb gewacht, en ik vind het fijn dat het nu weer goed is tussen ons. Vind jij het fijn? Echt waar?"

Hij ging naast haar zitten en legde zijn arm over haar heen en ze paste er zo goed onder, dicht tegen hem aan gedrukt. Hij zei dat hij het echt heel fijn vond, en even later liet hij haar voelen hoe fijn. Het was heel aangenaam om haar terug te hebben, de verleiding om alles te laten voor wat het was, was heel sterk en dus gaf hij toe en gleden de lange trage dagen voorbij, zonder dat er iets gebeurde. Tot de komst van de Wilde Tocks.

De BO had hem gevraagd om te komen en hij stond met een strak gezicht op het podium van de Ontvangstzaal, door bijna iedereen de Pow-wow zaal genoemd. Ran was hier nog maar één keer geweest, en al had hij weinig op met ceremoniële toestanden, hij was toch wel een beetje onder de indruk van het verbleekte gouden decor en de muurschilderingen van een allang vergeten kunstenaar. De Wilde mannen, slecht op hun gemak dooreenwoelend, zwegen een ogenblik toen hij binnenkwam. Toen gingen ze weer verder met praten, maar zachter. Ran keek even in het rond en herkende Jun Mallardy en de oude Hannit met zijn haakneus, maar toen begon de BO zacht te praten.

"Ik had beter moeten luisteren naar wat je me verteld hebt," zei Harb. "Daar lijkt het tenminste wel op. Maar mijn excuses krijg je een volgende keer wel. Die lui daar —" hij wees met zijn hoofd naar de Wilde Tocks "— lopen al te mopperen en te mompelen vanaf het ogenblik dat ze vanochtend aanlegden, dus ik heb zo langzamerhand wel een idee van de reden waarom ze hier zijn. Laten we de zaak nu maar officieel afhandelen, en ik hoop dat we ermee klaar komen ook."

Zijn gedrag had nu niets van een oude nicht, en niet voor het eerst verwonderde Ran zich over het gemak waarmee de BO zich binnenstebuiten kon keren en dan weer buitenstebinnen — natuurlijk was hij er nooit helemaal zeker van wat nu de buiten- en wat de binnenkant was — maar dit was niet het goede ogenblik om te gaan speculeren.

Harbs voet gleed even over de lichtgroene vloerbedekking, tikte omlaag, licht maar resoluut. Ergens galmde een gong. Het heen en weer lopen en het gemompel hield op.

"Ik ga met u geen woordspelletjes spelen," zei Harb. "U allen bent niet hierheen gekomen om hakbladen of zwavel te kopen. U wilt met mij praten. Hier ben ik, ik luister."

Jun Mallardy schraapte luidruchtig zijn keel en spuwde op het tapijt. Het was niet om blijk te geven van zijn minachting of trots, hij had willen spuwen en niets in zijn gewoonten of achtergrond verbood hem om dat hier te doen. Hij hief zijn lange, dunne gezicht op, stak zijn smalle, harde zwarte baardje naar voren. "Ouwe Man's dood," zei hij kortaf, "en nou ben ik Meester."

Owelly onderbrak hem. "De Meester jij is in Mallardy's Land, maar Dominis is de oudste hier."

Een gegrom van instemming klonk op bij zijn woorden. Jun keek lelijk, maar hield zijn mond. De Oude Dominis kamde met zijn vingers door zijn weelderige witte manen en knikte. Na een ogenblik zei hij botweg: "Me reet is te oud voor 's zeereis als dit, en te dun. Alleen omdat's anders misschien jullie doem is, anders was ik thuisgebleven bij mijn haardsteen in Dominis' Kamp, hoorst! Gildsmannen!" Zijn stem, verrassend diep, klonk nu op in een grote kreet.

"Gildsmannen! We hèt jullie gevraagd om meer roers, meer spul om roers te maken, en altijd is het 'nee' wat jul zegt. Is dat recht?" Zijn makkers gromden en knikten. Harbs gezicht veranderde niet. "Maar nu is het geen tijd meer voor 'nee', hoorts! Verkoop ons wat we willen hebben, zegts ik, of anders komt ons 's om het te halen."

"Waarom?" zei Harb.

Iedereen begon tegelijkertijd door elkaar heen te praten en te schreeuwen. Oude Dominis bulderde om stilte, en stil werd het. Hij trok aan zijn witte baard, keek ze met samengeknepen ogen aan. "Waarom? Hiers waarom. Flinders wils hier komen, om te plunderen, met een raid. Alles wat hier is. Eets, kleren, metaal, zwavel, vrouwen, ahhh…" Met gebaren duidde hij zijn onvermogen aan om alle buit te omschrijven en slaakte een diepe, galmende zucht. "Flinders zegt: 'Doe's met mij mee, en we doe's alles saam. Meer dan genoeg voor allemaal,' zegts hij. Flinders zegts… Luisterts nou, Gildsmannen. We houwen niet van jullie. Hèt we g'n reden toe. Maar zo zeker als Pia Sol schijnt, we houwen nog minder van Flinders. We wils niet met 'm raiden. We vertrouwts 'm niet, niet veel, de lengte vazz'n voorhuid nog niet. Kan we pakken wat we wilt, als we raiden? Misschien wels. Kan we in flarreden geschoten worden? Misschien wels. We wint, voorbeeld. Dan? Ah, dan is Flinders grootste Meester van ons allemaal. Dat is slecht, hoorts. Ohhh…" Weer die diepe zucht, weergalmend in zijn borst. Luid schreeuwde hij het uit, hun wantrouwen jegens Flinders, hun minachting voor Flinders. Het was duidelijk dat hij, en allen die nu bij hem waren, zich alleen met tegenzin, met oneindig veel tegenzin, bij hem aan zouden sluiten, zeker als het zo'n riskante zaak betrof als een raid op het Gildestation. Maar, ging hij minder dramatisch verder, maar misschien moesten ze wel. Flinders complotteerde en maakte plannen. Flinders fluisterde, had een gladde tong. Als hij, wanneer hij de tijd daarvoor rijp achtte, besloot om toe te slaan, dan zouden weleens heel wat clans bereid kunnen zijn om zich bij hem aan te sluiten. En dan hadden de anderen geen keus meer. Ze moesten niet denken, waarschuwde Oude Dominis, dat ze het land van de Wilde Tocks zomaar binnen konden dringen om Flinders zelf te straffen. Geen clan zou een dergelijke inmenging tolereren. Nee, Flinders was een Wilde Tock, en de Wilde Tocks zouden met hem afrekenen. Maar dat konden ze alleen als het Gildestation ervoor zorgde dat zij, de anti-Flinders clans, zwaarder bewapend waren dan de pro-Flinders clans.

Maar als dat niet gebeurde, als Flinders niet de kop werd ingedrukt, en snel ook, dan zouden er geen neutrale clans overblijven, en zouden de anti-Flinders clans geen gesloten front meer kunnen vormen; allemaal zouden ze mee moeten doen met Flinders. "Jullie hèts de keus tussen wat 's gebeurt," besloot de Meester Dominis.

Toen kwamen de anderen aan het woord, en ze zeiden allemaal hetzelfde. Tijdens dit alles had Tan Carlo Harb zich niet verroerd. Toen de laatste man gesproken had en er een stilte viel, toen sprak Harb.

"Bent u al klaar met uw handel?"

Oude Dominis schudde zijn sneeuwwitte hoofd. "Nee, dat is we niet. We wils horen, krijgt ons wat ons wilts. En hoeveel moets we betalen?"

Harb knikte, kort. "Handel dan. Als ik u metaal en zwavel geef — als, zei ik —" hij onderbrak een opgewonden geroezemoes "— als ik dat doe, dan kost het u niets. Het zou het ons waard zijn." Toen liet hij ze praten. Hoofden schudden nee, knikten ja, hoofden kwamen dicht bij elkaar en mompelden.

Ten slotte had de oude man nog één vraag. "Wanneer vertelts je?"

"Morgen," zei Harb. En liep zonder nog een woord of een blik de zaal uit. Ran volgde hem.

Toen ze weer alleen waren zei Harb tegen Ran: "In het kort ligt de zaak zo. Natuurlijk bestaat er geen schijn van kans dat ze door onze verdediging heen breken. Of ons uit kunnen hongeren. Maar ze zouden heel goed onze eigen Tocks, de Tamme Tocks een kopje kleiner kunnen maken, bij wijze van verzetje of uit frustratie. En in dat geval zouden wij vergeldingsmaatregelen moeten nemen, met als mogelijk resultaat dat er zowat geen Tocks meer in leven zijn, Wild of Tam. Dat zie ik niet zitten. En ik kan je verzekeren dat het Directoraat het nog veel minder leuk zou vinden. Ontvolking. Dat is geen leuk woord. Mijn carrière, als je dat woord wilt gebruiken, zou meteen afgelopen zijn, bam, fini, zero. Maar het is de enige carrière die ik heb, en ik wil hem graag op een andere manier beëindigen dan pensioen-met-behoud-van-een-kwart-van-mijn-salaris. Kun je mij — mij? — voorstellen als een eerzame pensioentrekker? In ieder geval moet er een eind komen aan de dolle hebzucht van die wilde hoofdman. Flinders. Dat is de Meester die los-geld voor je had willen hebben, nietwaar? Ja, ik heb over hem gehoord. Het ziet ernaar uit dat Flinders moet verdwijnen. Maar, o mijn zere hart en lever, maar, wie weet wat het bewapenen van meer van deze barbaren tot gevolg zou kunnen hebben? Wie? Jij. Jij hebt er gewoond. En?"

En Ran zei: "Inderdaad, en. Dit zou heel goed de kans kunnen zijn waarop ik heb zitten wachten. We hebben tot morgen, niet? Ik meen dat ik nog een paar borrels te goed heb in de Residentie. Die ga ik dan nu maar eens halen. En praten gaan we. En praten. En praten."

Harb keek hem strak aan. Hij zei: "Prima. Dat doen we. Maar vergeet niet wie ik ben, beste jongen. Om eens een klassieke frase te gebruiken: *we are not amused.*"

Ze dronken de borrels en ze praatten verder en vergaten de drank. En ten slotte, zijn ogen roodomrand door slaapgebrek, zei Harb: "Goed. Ik zal het doen. Mij heb je overtuigd. En nu wil ik weleens zien hoe je de

Tocks overtuigt. Als je ze meekrijgt zullen ze in ieder geval niet meer denken aan vetes en raids. Maar misschien is dat ook wel het enige wat je bereikt. En als je de Tocks hebt overtuigd, dan wil ik weleens zien hoe je... Nee. We zullen wel zien. Ik heb één keer om je gelachen. Ik ben daar nu helemaal niet voor in de stemming."

De Wilde Tocks ook niet. De dag daarvoor hadden ze gehandeld, en nu wilden ze de beslissing horen. Mager, grimmig, verweerd door de elementen waren ze, een woeste kracht sprak uit hun woorden en daden, en ze pasten helemaal niet bij de elegante kleine finesses van de Pow-wow zaal; en niet alleen waren ze niet onder de indruk van de elegantie om hen heen, ze beseften niet eens dat hij er was.

Weer tikte Harb met zijn voet op de knop onder de vloerbedekking, weer galmde de gong en viel er een norse stilte. De ogen die onder ruige wenkbrauwen en ruw geknipt haar naar Harb opkeken, waren als de ogen van wolven, maar de wolven staarden niet naar een lam, ze staarden naar een wezen dat minstens even sterk was als zij. Niet een wezen waarvan ze hielden, want wolven houden alleen van wolven (en dat niet vaak); maar een wezen met een macht die ze, met hoeveel tegenzin ook, respecteerden.

Harb zei, op dezelfde vlakke toon die hij gisteren had gebezigd: "Ik zal opdracht geven om u zacht schroot en zwavel te geven."

Eén woord klonk op uit de menigte clanleiders en afgevaardigden, tegelijk uitgesproken door vele kelen. "Roers..." Het was geen schreeuw; in zijn zachte, wellustige intensiteit was het angstaanjagender dan een schreeuw. En hun ogen schitterden.

Harb maakte niet eens de indruk dat hij wachtte. Als hij even met spreken was opgehouden, scheen uit zijn houding te blijken, dan was dat omdat hij wilde ophouden met spreken. En nu wilde hij weer verder spreken. Bijna als kinderen die op een zonde waren betrapt meden de Wilde mannen zijn blik.

"Maar ik wil er iets voor terug. Meer dan afrekenen met de Meester Flinders. O, met hem afgerekend wordt er. Dat is het belangrijkste en dat gebeurt het eerst. Maar daarna wil ik nog wat. Deze man kent u." Ran stapte naar voren. "Hij heeft het vorige seizoen in uw midden gewoond. Luister naar hem."

Het was wel duidelijk dat ze geen zin hadden om naar hem te

luisteren en dat ze alleen maar hun metaal en hun zwavel wilden gaan halen en dan verdwijnen. Maar luisteren deden ze. Ze luisterden zonder hem één keer in de rede te vallen. Mannen van het Gilde zouden hebben gelachen, maar dat deden deze Wilde Mannen niet. Bijna wilde Ran dat ze het deden. Dat ze lachten of protesteerden of iets anders deden dan daar staan en hem aanstaren, hun ogen als poelen van de nacht.

Hij praatte met hen over de koorts. Hij had nooit beseft dat hij er zoveel van wist. Hoe hij plotseling kwam, ogenschijnlijk nergens vandaan. Een man zat naast zijn haardsteen en voelde zich goed en dan wilde hij opstaan en kon het niet meer zonder hulp. Het vuur binnenin dat langzaam doofde, de kilte die volgde, het trillen van de ledematen, de lange weken van gedwongen nietsdoen, en soms werden de weken maanden, en soms volgde ten slotte de dood. De oogst die rotte op de akker omdat er niemand was die hem verzorgde of binnenhaalde. De vissersbootjes die stil lagen in de havens omdat er geen vissers op de been waren. De hongersnood die dan zwaar op het land drukte.

"U klaagt dat we u geen medicijnen geven. En uw klacht is niet onterecht. Maar of hij nu terecht of onterecht is, we kúnnen u geen medicijnen geven. Die moeten te ver hiervandaan gemaakt worden, en er is niet genoeg en er zal nooit genoeg zijn. Maar ik kan u wel zeggen hoe een eind kan komen aan de koorts. En als er aan de koorts een einde is gekomen zijn de medicijnen niet meer nodig."

Ze stonden zwijgend, maar in ieder geval niet ongeduldig voor hem. Iemand zei: "Zegts."

Ran haalde heel diep adem. "U weet dat Flinders' mannen Oud Kanon hebben doodgeschoten en zijn dochter en mij hebben gevangengenomen. U weet dat we zijn ontsnapt. Misschien weet u niet hoe we weer hier zijn gekomen, in het noorden, in het Gildestation. Zal ik het u vertellen? We zijn door Rorkland getrokken. Dwars er doorheen."

Toen had hij ze. Toen had hij hun onverdeelde aandacht. Hij vertelde ze dat hij met rorks had gepraat en ze geloofden hem. Hij vertelde ze dat er mensen in Rorkland leefden, en ze geloofden hem. Dat deze mensen en de rorks zelfs te lijden hadden van de zogenaamde Tockkoorts. En ze geloofden hem. Als hij ze had verteld dat de rorks konden vliegen of dat ze grote schatten goud en juwelen bewaakten dan zouden ze hem nog hebben geloofd, want hij beroerde nu de diepe bron van de legenden, en voor hen waren die evenzeer waar als de naargeestige feiten van hun grimmige, naargeestige bestaan.

En daarna vertelde hij over zijn vermoedens waar de koorts vandaan kwam, en hoe de koorts steeds kwam na het zwermen van de rips. De rips veroorzaakten de koorts. "Roei de rips uit," zei hij, "en je roeit de koorts uit. Zo ligt de zaak." Langzaam knikten ze, maar hun ogen bleven steeds op hem gericht en in hun ogen en op hun gezichten lag een onuitgesproken vraag.

"U wilt weten hoe. Eén ding kan ik wel zeggen: we kunnen het niet alleen. De rorks zijn altijd onze vijanden geweest, maar soms is het mogelijk om met een vijand samen te werken, tijdelijk, tegen een nog grotere vijand. Werkt u niet met ons mee tegen Flinders? Is de koorts geen grotere vijand dan de rorks? Je kunt een rork zien, je kunt hem doodschieten of doodsteken met een piek. Kun je de koorts zien? Kun je de koorts horen rorken? En ook voor de rorks is de koorts een grotere vijand dan jullie, of wij. Ik weet niet zeker of wij en de rorks samen kunnen werken bij het uitroeien van de rips en van de koorts die ze verspreiden. Maar we kunnen het proberen. We moeten het proberen. Neem uw metaal en uw zwavel mee en ga roeren maken. Reken af met Flinders. En laat mij proberen om met de rorks een pow-wow te houden over deze zaak. Als zij bereid zijn om met ons samen te werken moeten jullie ook bereid zijn om met hen samen te werken. Dat is onze prijs."

Het was Jun die ten slotte de drukkende stilte verbrak. "En als wij 'nee' zegts?"

Een klein, verachtelijk "huh" ontsnapte Lomar, onbewust. "Weten jullie waarom ik hier ben? Ik ben hier voor roodvleugel. Weten jullie waarom het hele Station hier is? Het hele Station is hier voor roodvleugel. Denken jullie — luister! Jullie zeggen dat jullie niet van het Gilde houden. Best. En vraag jezelf nu eens: houdt het Gilde van ons? Ja, ik zie jullie tanden, ik zie jullie lachen om het idee! Stom hè, dat idee? Trek zelf je conclusies maar. Het Gilde heeft jullie alleen maar nodig voor roodvleugel. Maar jullie hebben het Gilde nodig om in leven te blijven. Als we de koorts niet onder de knie krijgen en uitroeien dan valt de productie van roodvleugel terug tot nul. Vroeg of laat. En als dat gebeurt dan wordt het Gildestation hier zonder meer gesloten. En dan blijven jullie hier achter. Alleen, helemaal op jezelf aangewezen. En jullie weten toch nog wel, jullie weten toch nog precies, wat er is gebeurd, de laatste keer dat jullie alleen gelaten zijn?"

Als ze het hadden gedurfd dan hadden ze hem op dat ogenblik besprongen en aan stukken gescheurd. Hij zag het in hun wijd opengesperde ogen, hun naakte tanden, hun hijgende adem, de krampachtige bewegingen van hun handen en hun lichaam. O, ja. Ze wisten het nog precies. Maar ze durfden niet.

En ten slotte sprak Oude Dominis. "Het ist een krankzinnig plan, dat ists. Maar als jullie het 's riskeert, dan riskeerts wij 's ook."

HOOFDSTUK 7

D at was de kern van de hele zaak. De Wilde Tocks hadden er geen vertrouwen in dat mensen samen konden werken met rorks. Het dreigement dat ze in de steek gelaten zouden worden woog zwaar. Bijna te zwaar. Dat één keer hardop zeggen had weer haat wakker gemaakt, haat die nooit helemaal sliep. Maar zonder het te beseffen had Ran een gevoeliger plek geraakt dan hij had kunnen hopen. "Als jullie het 's riskeert, dan riskeerts wij 's ook." De Wilde Tocks zagen alle mensen van het Gilde als zachte, laffe figuren. Als Ran Lomar, die door heel Rorkland getrokken was, zoals niet één Wilde man ooit had gedaan, als die dat nog een keer aandurfde, dan durfden zij voor hetzelfde risico niet te wijken.

Bij deze proef had de vraag of ze hem al dan niet zouden overleven minder betekenis dan hun trots.

Met de Wilde Tocks was het dus goed gegaan. Maar Ran had voor het welslagen van zijn toch al hachelijke plan ook de hulp van de Tamme Tocks nodig. Iedereen zou moeten meedoen. Het Gildestation had de Tamme Tocks nog nooit als gelijken behandeld; er was nooit een 'adviesraad' geweest van gekozen Tamme Tocks of iets dergelijks. Maar af en toe waren ze allemaal naar het Gildestation geroepen om te horen wat het Gilde te zeggen had, en om te gehoorzamen. Meestal was wat het Gilde wilde op niets uitgelopen. Jullie moeten jullie vrouwen niet voor hoer laten spelen. Jullie moeten geen grote braspartijen houden. Jullie moeten meer roodvleugel oogsten. Maak jullie huisies schoon. Af en toe hadden ze ook gehoorzaamd: jullie moeten je doden in diepere graven begraven, zodat de rips er niet bij kunnen komen.

Jullie moeten geen modder over het roodkruid gooien om het meer te laten wegen voor je het verkoopt.

En dus, na de 'uitnodiging' van de Bevelvoerend Officier van het Station, kwam de haveloze horde uit heel Noord-Tockland aanzetten. Dat hun Wilde neven ook na het handeldrijven nog waren gebleven was de Tamme Tocks niet ontgaan; meestal vertrokken de woeste mannen uit het zuiden zodra ze hadden gekocht wat ze nodig hadden. De Tamme Tocks kwamen niet gehoorzaam, en evenmin met het plan om ongehoorzaam te zijn. Ze kwamen omdat naar het Gildestation gaan een uitje was. En ze waren ook nieuwsgierig. Wie wist wat voor vreemds nu weer gevraagd zou worden? Het vooruitzicht bracht geen ontsteltenis of ontmoediging teweeg. Wat het ook was, ze zouden het in ieder geval even uitproberen, al was het alleen maar vanwege de nieuwigheid.

Maar dit conclaaf was van het begin af aan anders dan de andere. Een opvallend verschil was dat de Wilde Tocks erbij waren, voor het podium dat haastig was opgezet en bekleed voor de gelegenheid. Trotse, dappere, woest uitziende kerels, een paar met vuurroeren. De Noordelijke Tocks bekeken de Zuidelijke met gemengde gevoelens — bewondering, angst, wantrouwen, wrok. En de Zuidelijke Tocks, als ze al naar de Noordelijke keken, keken onverschillig of verachtelijk. Nieuw was ook dat Ran Lomar er was, de 'echte Man van de Oude Aarde'. Behalve door zijn afkomst was hij door het verhaal van zijn ontsnapping aan de gemene Oude Meester van de Rots en zijn tocht door Rorkland een bijna legendarische figuur geworden.

De ziltige geur van de witte golven van de zee werd door de bries meegevoerd, net als toen Lomar voor het eerst voet gezet had op deze bijna verloren wereld, maanden — jaren, leek het nu wel — geleden. Hij dacht daaraan toen hij opstond om te spreken na de paar openingswoorden van de BO. Toen had hij niets meer gewild dan alleen gelaten worden, zodat hij naar believen rond kon zwerven, zodat hij zich nergens mee hoefde te bemoeien. Maar het had niet zo mogen zijn. Hij was niet alleen gelaten. En zich nergens mee bemoeien was ook niet mogelijk gebleken. Rondzwerven? Ja, rondgezworven had hij wel.

En nu, terwijl hij keek naar de zee van gezichten, vuil, vaak half tandeloos, leeg, uitdrukkingsloos, stom, ongeletterd en misschien ook wel ongevoelig voor elke poging om hen wat bij te brengen, voelde hij zijn zekerheid van daarvoor wegebben, zijn opwinding verzuren. Wat kon hij met deze mensen hopen te doen? Zeggen dat het hun schuld niet was dat ze waren wat ze waren zou niet meer dan een gigantische open deur zijn. Een plotselinge golf van onzekerheid sloeg over hem heen. Het kon hem allemaal niets schelen. Gilde, Station, roodvleugel, rorks, rips, Tocks, wat was dat alles nu helemaal? Als het plan mislukte dan mislukte het maar. De ondergang van Pia 2 was niet zijn eigen ondergang. Er waren andere werelden om niet door veroverd te worden.

Koel en kalm en bijna zorgeloos, in die stemming begon hij te spreken. Zonder er bij na te denken draaide hij zijn betoog tegen de Wilde mannen om.

"Wij, de mensen van het Gilde, hebben dit Station alleen gebouwd om roodvleugel te krijgen," zei hij. "We krijgen niet meer zo veel als we willen, en elk jaar krijgen we minder. Het zal niet lang meer duren voor we niets meer krijgen. En als dat gebeurt, gaan we weg. Allemaal."

De menigte roerde zich, onrustig. Ze had een vaag vermoeden gekregen van dood en ondergang, maar niet meer. "Begrijpen jullie dat? We gaan allemaal weg. Er blijft niemand hier. Er komt ook niemand terug. Geen winkel meer waar je dingen kunt kopen. Geen krachtvelden meer om jullie te beschermen tegen de rips. De Wilde Tocks hebben vuurroeren. Jullie hebben geen vuurroeren. Die geven we jullie ook niet. We geven jullie niets. En het Station zal instorten als een oud huisie in de regen. We gaan voorgoed weg."

Een gekreun ging door de menigte. "Herinneren jullie je wat er gebeurd is toen de mensen hier ook weggingen, lang geleden? Dat gebeurt nu weer. Zwijg!" Het rumoer hield een ogenblik op, toen begon het gekreun weer. Hij zweeg een ogenblik. Toen vertelde hij ze over de koorts, hoe de koorts sterfgevallen veroorzaakte, ervoor zorgde dat er steeds minder Tocks kwamen, dat ze steeds zwakker werden, niet meer in staat waren om roodkruid te oogsten. Hij vertelde hoe hij te weten was gekomen dat de koorts door de rips werd verspreid. En vertelde ze ten slotte dat hun redding afhing van twee dingen, en van twee dingen alleen.

"Eén. De rips moeten worden uitgeroeid." Daar hoefde hij verder niet op in te gaan. Ze waren al overtuigd. Ze waren waarschijnlijk ook wel overtuigd geweest als de koorts helemaal niet ter sprake was gekomen. Hij kon hun gedachten bijna lezen. De Mensen hebben wapens, het zal heel gemakkelijk zijn. "Het zal niet gemakkelijk zijn!" schreeuwde hij. Ze schrokken op, ontsteld, weken achteruit, schichtig en verbaasd. En zo kwam hij bij het volgende en het laatste en het belangrijkste punt. De wetenschap dat ze Rorkland in zouden moeten trekken. Ze reageerden sprakeloos. En het feit dat ze naar alle waarschijnlijkheid samen zouden werken met rorks. Diep geschokt waren ze. Hij vertelde ze dat de rorks konden spreken. Ze geloofden hem. Bij rorks was niets onmogelijk. Hij vertelde ze dat hun verdwaalde kinderen vaak helemaal niet doodgegaan waren, en zeer zeker niet door de rorks waren vermoord, maar dat ze nu — een groot aantal van hen, in ieder geval — vreedzaam met de rorks samenleefden. Ze geloofden hem bijna. Dat hoefde hij alleen maar te laten zien. Maar werken met de rorks? Veilig Rorkland betreden, daar veilig blijven, veilig er weer uit komen?

Terwijl de Wilde Tocks minachtend toekeken of onverschillig een andere kant op staarden, terwijl Tan Carlo Harb roerloos in zijn stoel zat, breidde zich een golf geluid over de menigte uit, en Lomar liet het toe. Ten slotte werkte een Tock zich naar voren. Een heleboel anderen maakten aanstalten om hem te volgen, maar Ran gebaarde dat ze moesten blijven waar ze waren. Het was de Tock die zijn gids geweest was bij de tocht naar Laatste Rand. "Meest Ran…U weet…" De woorden buitelden uit zijn mond. Hij had een amulet. Hij haalde hem tevoorschijn, liet hem aan iedereen zien. Het was veilig, voor hem dan, om Rorkland in te gaan — en dat zou hij ook. Vele dappere woorden volgden, en waar ze op neerkwamen was dat wilde rorks hem nog niet mee konden slepen naar Rorkland, maar als de Wilde Tocks en de Gildemensen (gewapend) zouden gaan, dan… Enzovoort. Er waren er nog meer met een amulet. Die zouden allemaal gaan. Hoofden gingen heftig op en neer, handen gleden zoekend onder hemden, amuletten werden tevoorschijn gehaald, en mensen in de buurt draaiden zich om en keken en knikten, alsof ze dat soort dingen nu pas voor het eerst zagen.

Maar wat moesten de mensen beginnen die geen amulet hadden? En de meeste Tamme Tocks hadden er geen. Lomar deed zijn mond open, wilde Rango geruststellen, iedereen geruststellen met de mededeling dat amuletten niet nodig waren. Maar zonder een woord gezegd te hebben deed hij zijn mond weer dicht en liet het algemene tumult wegsterven, en dacht snel na. Zo'n verzekering zou niets uithalen. Rorks waren dodelijk, rorks waren gevaarlijk, rorks waren duivels. Dat wisten ze allemaal. Rationele argumenten, een beroep doen op wat hij, Lomar, zelf had meegemaakt — gebeurtenissen die toch op het tegendeel wezen, zelfs het laten zien van wisselkinderen — niets van dat alles zou iets uithalen.

Achter hem hoorde hij Harbs stem, zacht, uitdagend zelfs — de rotvent! — geamuseerd. "Laat eens zien wat je hiermee doet, jong."

Wat hij deed was dit: "Opzij, Tocks. Ga eens weg, daar. Hou de heksendokters niet tegen als ze hierheen willen komen. Zie je niet dat ze ons iets willen zeggen? Laat de heksendokters dóór, zeg ik. Vooruit, opzij!"

Enkele tientallen van deze slimme wijfjes oefenden in Tockystad een 'praktijk' uit. Half heks, half kruidenvrouwtje waren ze, en ze verkochten drankjes en gifstoffen. Wat ze hadden staan denken — niemand die het wist. Maar bij Lomars woorden hieven ze als slangen hun hoofd op en tuurden om zich heen. Wat! Heksendokters die naar voren kwamen? Heksendokters die iets wilden zeggen? Oh! En ho! En help me overeind en laat me door! De menigte keek om zich heen, best bereid om opzij te gaan en kreeg al gauw de kans daartoe.

Er waren verschrompelde oude wijfjes, voortstrompelend op twee krukken, en welgevulde jonge vrouwen die net aan de rand een beetje begonnen te rotten. Er waren mompelende vrouwtjes bij, door en door overtuigd van hun eigen vermogens en vrekkige wijfjes, uit op het Grote Fortuin en de laatste fiche; sommigen keken droevig, anderen brutaal, weer anderen wantrouwig of gretig. Wat ze ook waren of hoe ze ook dachten, het duurde niet lang voor ze allemaal vooraan stonden, op elkaar gedrongen, bijna tegen de nogal onzekere Wilde mannen aan.

Helemaal vooraan. Allemaal. Precies waar Lomar ze wilde hebben.

"Willen jullie dat de Mensen weggaan?" vroeg hij, luid en schallend. "Willen jullie dat alle Tocks doodgaan aan de koorts?" En de vrouwen, onverhoeds door zijn vragen overvallen, begonnen te roepen van niet, en draaiden met hun ogen en sloegen zich op de borst.

Maar hij viel hen in de rede. "Dat willen jullie niet! Goed zo! Dus jullie gaan amuletten maken, niet dan?"

Haaj! Haaj! Amuletten maken, dat zouden ze, natuurlijk zouden ze dat! En wat voor amuletten, heel sterk en krachtig. Weer viel hij hen in de rede. "Genoeg amuletten voor iedereen, nietwaar?" Te laat begonnen de heksendokters door te krijgen dat ze in de val waren gelopen. Genoeg amuletten voor iedereen? Tja, dat was een andere zaak. Amuletten groeiden niet aan stengels als de eerste de beste roodkruidplant. Er waren zorgvuldige voorbereidingen voor nodig, zeldzame ingrediënten en — o, haaj! o, haaj! — kostbare zorgen. Hij ving hun woorden, slingerde ze naar de menigte achter hen, hij bespotte hen, hij daagde ze uit. Met een talent voor handel waarmee hij zijn docenten aan de Academie zou hebben verbijsterd en verrukt, dong hij af, en af, en af. En toen ze aanstalten maakten om te protesteren vertelde hij dat de menigte zich best eens tegen hen zou kunnen keren. Natuurlijk maakte de menigte daar onmiddellijk aanstalten toe. En de heksendokters capituleerden, *en bloc*. Precies zoals hij had verwacht.

En nu moest Ran het antwoord vinden op de laatste vraag. Gildestation, Wilde Tocks, Tamme Tocks, allemaal waren die het nu eens. Maar wat zou het antwoord zijn van de rorks?

Dominis, Mallardy, de andere Meesters en hun mannen waren vertrokken en waren nu op weg naar hun verre kampen. Ze hadden genoeg materiaal voor vuurroeren en kruit bij zich, hoopte Ran, om voor altijd een einde te maken aan Flinders. De heksendokters en hun leerlingen zwoegden en zweetten en maakten overuren om genoeg amuletten te maken voor alle gezonde mannen in Noord-Tockland. De Gildeleden schudden, de meesten althans, het hoofd en snoven, twijfelden, en — onvermijdelijk — haalden hun schouders op en dronken weer verder. Maar de conventionele toost scheen iets van de gebruikelijke zekerheid kwijt te zijn.

Deze keer ging Ran per zwever naar Laatste Rand.

"Het is een doldwaas plan, jong," zei de BO, terwijl hij keek hoe Ran zijn rugzak van de stoel tilde. "Gelukkig stel ik de officiële rapporten op, en als die lieve ouwe monsters van jou een grote menselijke shish kebab maken, nou, ik huil mijn ogen uit mijn kop, maar er komt niet één traan op het papier terecht. Je begrijpt me wel. Wees in vredesnaam voorzichtig, jongen!"

Ran grinnikte. "U bent zo dol op de klassieken. Herinnert u zich deze regel: 'Het is een beter, een veel beter ding wat ik nu doe dan wat ik ooit heb gedaan'?"*

Stijf zei de BO: *"We are not amused."* Zijn grote, expressieve gezicht vertrok even. Toen vloog hij weg. Ran wuifde hem na tot hij een stipje in de verte was, en toen hij zich omdraaide, was Tun er.

"Ik schijn vol grote citaten te zitten, vandaag," zei Ran bij wijze van begroeting. "Wat vind je hiervan: 'Breng me naar uw leider'?"

De rorkman keek hem met zijn bekende vreemde glimlach aan. Hij raakte Rans arm aan, voorzichtig. De afgeworpen rorkhuid die hij gedragen had, was verdwenen, in het warmere weer had hij die niet meer nodig, en hij was nu alleen maar gekleed in een lendendoek en lappen om zijn benen om die te beschermen tegen het zweepgras. Natuurlijk had hij geen leider, dat concept was in Rorkland blijkbaar onbekend. Ze liepen samen op, langzaam, en Ran praatte.

Ran praatte. Tun zei niets, of bijna niets. Nu en dan bleef hij staan en ging dan zitten, met zijn gezicht naar de zon, net als de vorige keer. Af en toe maakte hij even een gebaar. Hij liep als een mens. Maar als ze bij een beek of een poel kwamen dan hurkte hij op handen en voeten neer, als een rork, en likte het water op. Hij nam het voedsel dat Ran hem aanbood met ernstige beleefdheid aan. Af en toe zong hij een flard van een liedje, dat ooit menselijk moest zijn geweest; de klanken klonken Ran nu volstrekt onmenselijk in de oren.

Toen ze nog een heel eind van Holle Rots vandaan waren konden ze de vreemd gedraaide top al zien; toen ze dichterbij, maar nog niet dichtbij waren, kon Lomar aan de voet van de heuvel de rorks en hun mensen zien rondlopen. Er waren er heel wat, en hij vroeg niet hoe het kwam dat ze er waren. Het was niet waarschijnlijk dat hij toevallig hier een soort vergadering aantrof. Hadden die kleine gebaren die Tun af en toe maakte aan iemand of iets een boodschap overgebracht, aan iemand of iets wat zich om een bepaalde reden nog niet wilde laten zien? Bezat deze bijna-naakte man gaven die de immer daarnaar strevende normale mens nog moest zien te verwerven?

---

* Befaamd citaat uit *A Tale of Two Cities* van Charles Dickens, waarin een losbol zijn leven opoffert om de man te redden van de vrouw die hij liefheeft. (vert.)

"Kom, Ran'k," zei Tun, en legde een hand op zijn schouder. Hij werd niet aan hen voorgesteld, noch zij aan hen, en niemand leek verrast of gaf blijk van enig genoegen of ongenoegen dat ze hem zagen. Hij was nu zo dicht bij de rorks dat hij de stenen kon horen knarsen in hun spijsverteringskanaal, een vreemd geluid, waardoor hij eigenlijk slecht op zijn gemak had moeten zijn. Hij wist niet waarom, en ook niet waarom dat niet gebeurde.

"In de Koude Tijd," zei hij, meteen tot de essentie van de zaak komend, "ben ik in vrede door uw land getrokken. Nu ben ik hier teruggekomen, in vrede, en dit is de reden. Ik ben te weten gekomen dat de beefkoorts die mensen én rorks treft wordt verspreid door de dieren die wij rips noemen. Zij moeten worden uitgeroeid als wij weer gezond willen worden. Als het dit jaar niet gebeurt, nu ze gering in getal zijn, en zwak, dan zullen we nog jaren moeten wachten, tot ze weer zijn uitgezwermd. Mijn volk, in het noorden en in het zuiden, is bereid om samen te werken met de rorks en de rork-mensen. Ik ben hier gekomen om een pow-wow voor te stellen. Over vijftig dagen sturen wij allebei vijftig leden van ons volk naar een bijeenkomst bij de grote heuvel met de twee toppen, Tiggy's Heuvel in het verre zuiden. We zullen daar allen in vrede heengaan. En in vrede zullen wij over deze zaak spreken."

Het was allemaal heel eenvoudig.

Tan Carlo Harb verwees kalmpjes de geobsedeerde bezwaren van Technisch Assistent Stijve Manton, naar de prullenbak, en besloot om in het enige aeroruimtevaartuig van het Station naar het zuiden te gaan in plaats van met de langzame zwevers of de nog langzamere boot. Op een avond kwam Ran naar de Residentie om plannen te bepraten voor deze reis, vlak voor de afgesproken vijftigste dag. Daar trof hij Harb bleek en zeer verontrust aan.

"Wie had het kunnen denken?" Hij smeet Lomar de retorische vraag toe. "Wie had het kunnen voorspellen. Het is beroerd, heel beroerd."

Het was beroerd. Het was Flinders. De hem vijandig gezinde clans hadden hun wapens gemaakt, pieken en vuurroeren, hun kruit bereid, en waren tegen hem opgetrokken. Flinders en de clans die hem door dik en dun trouw waren gebleven waren zo gedienstig geweest om het halverwege tot een treffen te laten komen, en waren verslagen. Tot zover was alles volgens plan gegaan. Maar Flinders was niet van plan verslagen te blijven en had snel een strategie bedacht. Zijn mannen zouden zich verspreiden en zo de vijand dwingen zich ook te verspreiden, als hij hen tenminste wilde achtervolgen. En hij en zijn clan en zijn bondgenoten zouden elkaar weer treffen — een wanhopig plan — in het verre, verre zuiden van Rorkland. De plek die hij uitkoos, was Tiggy's Heuvel.

Hij zat daar, zijn mannen verdekt opgesteld rond de toppen van de heuvel, toen het eerste contingent van de rorks en de rorkmensen arriveerde, nog voor de dag die voor de pow-wow was vastgesteld. Het had waarschijnlijk niets uitgemaakt als Flinders had geweten wie ze waren, maar hij wist het niet en het kon hem ook niet schelen. Hij viel de delegatie aan. Het was geen slag, het was een slachting. Bijna niemand was ontkomen. En onder de vermoorde rorkmensen was Tun.

"O God," riep Ran gekweld. "Wat moeten ze wel van mij denken?"

Weer waren zijn plannen uiteengespat. Niet alleen, maar dat was nog wel het minst belangrijke, was zijn persoonlijke succes weggevaagd, niet alleen had het bestaan van de mens op Pia 2 een klap gekregen die het waarschijnlijk niet meer te boven zou komen, nee, Tun was dood. Tun, die, gebonden door een verplichting die Lomar onbekend was, hem en Norna had geholpen in leven te blijven. Tun met de eigenaardige glimlach, Tun, naakt en sterk en niet echt menselijk. Tun dood. En met zijn dood was naar het zich liet aanzien ook de kans dood op wat de grootste doorbraak in de menselijke geschiedenis had kunnen worden tussen mens en niet-mens.

Lindel was in zijn kamer. Het leek wel of ze nu altijd in zijn kamer was. En altijd praatte ze gretig over zijn plannen en over hoe gunstig het Directoraat van het Gilde erop zou reageren, en altijd zong ze tegen hem, suste en kalmeerde hem, en verwarmde zijn bed voor hem. "Waar ga je heen?" riep ze nu. "Wat is er aan de hand? Ranny!"

Ze gilde tegen hem, zei dat hij krankzinnig was, het leven moe, dat het idioot was om alleen maar te overwegen nog terug te gaan naar Rorkland na wat daar was gebeurd. Hij zou wel wat anders weten te bedenken, smeekte ze. Iets verstandigs, niet zo onzinnig, veilig. "Denk je dat je ze nu nog naar je kunt laten luisteren? Wil je dan een soort martelaar worden? Wil je soms sterven? Wat is dit nu? Een zoenoffer?"

"Als het dat moet worden."

Ze klemde zich aan hem vast. Hij duwde haar weg. Ze probeerde hem achterna te gaan. Hij deed de deur in haar gezicht dicht en op slot.

Weer naar de Laatste Rand. Hij zette het stuurpaneel van de zwever op automatisch retour, maakte aanstalten om in de cabine te klimmen. De stem van een vrouw. Ranny, Ranny. Weer Lindel. Is ontsnapt. Snel nu, wegwezen.

De stem, uit zijn herinnering, drong door het pantser van zijn gedachten heen. Het was Lindel helemaal niet, het was Norna.

Hij draaide zich om, riep: "Vaarwel, Norna," stapte in de zwever. Toen had ze haar hand op het zijboord gelegd. Een Tock stond naast haar, schoner dan de meeste andere, melancholiek gezicht, lange armen. Waarschijnlijk haar minnaar. "Vaarwel, Norna."

Ze haalde haar hand niet weg, draaide zich om naar de Tock. "Vaarwel, Dukie."

"Nee, meissie," zei hij droevig. Smekend. Streelde haar armen, haar borsten, op de vrijmoedige manier van de Tocks. "Nee..."

"Norna, je kunt niet mee."

"Waarom niet?"

Snel, kort legde hij uit waar hij naar op weg was, en waarom. Ze zei: "Ik is een keer met jou daar geweest, gevaars en al. Ik ga 's de tweede keer ook."

"Nee."

"Is het niet waarschijnlijker dat hun gelooft dat je in vrede komt als hun mij ziet, ook?"

Hij dacht dat dat mogelijk was en daarom had hij haar mee laten gaan. Maar zo was het niet gelopen. De zwever was automatisch teruggevlogen, en te voet waren ze Rorkland in getrokken, Ran en Norna. Hij herinnerde zich nauwelijks hoelang het had geduurd voor ze de eerste vonden, maar als haar aanwezigheid al verschil maakte, dan was dat verschil toch niet groot.

"Leugenaar!"

"Leugenaar!"

De mannen bedreigden hem met hun knotsen. De geel-gemaskerde wezens rorkten tegen hem, grommend en klikkend en ronkend. Ze weigerden naar een verklaring te luisteren, ze wilden hem nooit meer zien, nooit meer horen. "Komen in vrede en praten over vrede?" Bloed en lijken op de hellingen van Tiggy's Heuvel. Leugenaar! Leugenaar! Weer bedrogen, weer een verraderlijk plan.

Ze gaven hem en Norna tot zonsondergang de tijd. En geen minuut langer.

Waakzaam, zwijgend, zagen ze de twee weggaan, verslagen. De roodvleugel groeide rood, rood op de lange hellingen, maar Ran had er geen oog voor. Hij zag het zonder het te zien, tussen de grote rode bladeren en zijn ogen bevond zich het gezicht van Tun, en het bloed benadrukte diens raadselachtige glimlach alleen nog maar.

Hij begreep nauwelijks het klepperen van rennende poten, of waarom Norna gilde, of waar de troep rips zo opeens vandaan was gekomen. Ze waren mager, uitgehongerd, en jankten van bloeddorstigheid en opwinding en ze schenen overal vandaan te komen. Hij bleef staan, want er waren er vijf voor hem; hij sloeg een arm om Norna heen en hief de ander op in een machteloos afwerend gebaar. Maar het grootste deel van zijn wezen was stom, hulpeloos; zijn mond hing open. Het leek allemaal zo vreselijk onbelangrijk, nu.

Toen krijste een rip, en de krijs brak abrupt af bij de klap van een knuppel. En lange, soepele voeten, karikaturen van menselijke handen, dodelijke klauwen grepen en scheurden. En nog bleef hij staan, roerloos. Er viel een stilte.

"We zijn gekomen in vrede," zei Norna. Haar stem trilde, misschien was ze in haar hart nog steeds bang voor de rorks en de rorkmensen, net als ze bang was voor de rips. "We hebben geen wapens, kijks maar..." Ze zei de dingen die Ran had willen zeggen, en ze lieten haar uitspreken. En weer viel er een stilte.

Het was dezelfde groep rorks en rorkmensen die hen had gelast weg te gaan, die woedend geweigerd had te luisteren. Ze hadden hen gevolgd om er zeker van te zijn dat ze ook weggingen, grimmig vastbesloten om hen te doden als ze voor zonsondergang niet bij de Laatste Rand waren. En nu beseften ze dat Lomar en Norna werkelijk hun eigen leven in de waagschaal hadden gesteld en niet, waarschijnlijk niet, een tweede valstrik hadden willen organiseren.

"Het was geen valstrik." Ran vond zijn stem weer terug. "Dat waren wij niet. Anderen. Laten we een andere datum af spreken, en dan beloof ik u bescherming. Dit keer kunnen we elkaar ontmoeten bij Holle Rots. Vertrouwt u ons?"

Lang, lang waren de schaduwen tussen de roodvleugelheuvels. En lang, lang was de stilte. Toen werd hij verbroken.

"We zullen vertrouwen. We zullen u vertrouwen."

HOOFDSTUK 8

De overwinning, als je het zo kon noemen, die Flinders door de slachting bij Tiggy's Heuvel had behaald, deed hem geen goed. Er waren onbekende mannen gevonden tussen de rorks, dood aan de voet van de Heuvel, en vreemde geruchten waren de ronde gaan doen in Zuid-Tockland. Mensen leefden te midden van de rorks! Het was erger nog dan ongehoord. Het was ongelooflijk. Maar toch moest er geloof aan worden gehecht.

Er was eigenlijk geen logische reden voor het prestigeverlies dat Flinders door deze ontdekking leed. En misschien verloor hij eigenlijk niet zozeer prestige. Maar het was een vreemde zaak, het was een angstaanjagende zaak, de Wilde Tocks moesten er niets van hebben, en omdat Flinders er mee te maken had moesten ze ook niets meer van Flinders hebben. Het verwachte rendez-vous van de clans die zich met hem verbonden hadden vond nooit plaats. Hij bleef een tijdlang tevergeefs wachten, brak toen zijn kamp op Tiggy's Heuvel op en keerde terug naar zijn Rots.

De aldus verbroken band zou niet gemakkelijk opnieuw te smeden zijn. De terugkeer van de sachems uit het noorden resulteerde in rusteloosheid en ongerustheid onder hun mensen. Het verhaal dat ze meebrachten was niet snel of gemakkelijk te aanvaarden, en zowel het verhaal als de voorlopige overeenkomst waartoe ze zich hadden verbonden moest een tijdlang onzeker blijven, moest een tijdlang bepraat worden. Maar één ding werd iedereen alras duidelijk:

Het Gildestation had materiaal om vuurroeren te maken en ook zwavel gegeven, en die moesten allebei tegen Flinders worden gebruikt.

Daarover bestond geen enkele onzekerheid. Als ze meer roeren hadden wilden de Tocks desnoods de Hemel zelf wel bestormen. Flinders' steun smolt weg als zachte sneeuw in de lentezon; hij hield nauwelijks nog een bondgenoot over toen bekend werd dat wie zich tegen hem keerde vuurroeren en kruit zou krijgen. Het duurde niet lang voor elke smidse daverde van het geluid van hamers; uitgewerkt hout, jaren bewaard voor het geval het hiertoe zou komen, werd tevoorschijn gehaald om tot kolven te worden verwerkt, en houtskool en stinkende salpeter werden vermengd met zwavel in de primitieve kruitfabriekjes: vermalen, bevochtigd, samengedrukt, zorgvuldig in stukken gebroken, weer vermalen.

Flinders hoorde het natuurlijk. Hij had doof moeten zijn om het niet te horen, doof in oren en inzicht. En Flinders wachtte niet af. Omlaag van de Rots stormde hij, wild en woest; hij viel Nimmai aan, werd teruggeslagen, deed een schijnaanval op Owelly, maar drukte niet door, en zat in de klem tussen deze twee toen Dominis en Mallardy en de anderen hem grimmig aanvatten. Zijn verliezen waren zwaar, en hij blies hinkend als een rork op drie poten de aftocht. Een onverwachte bui, die de lonten doofde en het kruit vochtig maakte, zorgde ervoor dat hij niet ter plekke werd doodgeschoten of gevangengenomen.

Het was een geluk voor hem dat hij kon ontkomen en zich terug kon trekken op de ruige, rotsachtige schuilplaats die de Rots hem bood, waar voor het ogenblik niemand hem durfde te volgen. Daar piekerde hij somber over recht en onrecht, zijn aan stukken geslagen plannen, en zijn immer schaars voorziene provisiekast.

Het plan om het Gildestation aan te vallen was al weggegleden in de nevels die om de zwarte rotsen warrelden en in natte druppels van de zwarte, bemoste takken van de kale bomen dropen.

Tot zover Flinders.

In bepaalde opzichten leek de grote pow-wow bij Holle Rots op de aankomst van het Q-schip. Hetzelfde enorme paviljoen werd opgezet, soortgelijke (niet geheel dezelfde) regelingen voor eten en drinken werden getroffen. Weer heerste er opwinding, weer liep iedereen door elkaar heen. Maar daarmee waren de overeenkomsten, misschien, afgelopen. Q-dagen kwamen per definitie maar eens in de vijf jaar voor;

maar ze kwamen dan ook onverbiddelijk, en hoe nieuw elke Q-dag weer leek, hij was niet nieuw, na de allereerste keer al niet meer. De ontmoeting hier bij Holle Rots, hoog boven de aanwezigen oprijzend, een uniek geologisch verschijnsel, was qua samenstelling even uniek als de rots zelf. Niemand wist helemaal wat hij ervan moest denken.

Harb, Lomar, een aantal Assistenten (die nog steeds in een shocktoestand verkeerden, niet zozeer door het vooruitzicht om met rorks aan dezelfde tafel te zitten, bij wijze van spreken, maar meer doordat ze het de hele vergadering lang zonder drank moesten zien te stellen), en een aantal Tamme Tocks arriveerden volgens plan met het aeroruimtevaartuig. Ze zagen de rook van de kookvuren van de Wilde Tocks langzaam onhoogkringelen door de zachte lucht. Mannen. Ze hadden geen vrouwen meegebracht. Maar dat had de groep van het Station ook niet. Op Norna na.

Op de ochtend van de dag van de pow-wow waren de mensen nog steeds alleen, en naarmate de dag vorderde werd Ran steeds onrustiger, en zó nerveus dat hij spijt begon te krijgen dat de BO alle drank verboden had. Er was een heel goede reden voor dat verbod: het grootste deel van de Gildeleden op Pia 2 was in feite onstabiel en daarom onvoorspelbaar. Er waren gevallen geweest dat iets in hen was geknapt en ze amok hadden gemaakt; en verder dacht Harb niet dat de rorks veel op zouden hebben met de toast "Dode rorks!", of ze hem nu begrepen of niet.

De Wilde Tocks hadden eerst geweigerd om het paviljoen te betreden, uit achterdocht of angst. Terwijl Harb met Ran bepraatte hoe dit recht te breien viel — "Is het geen patriarchale traditie of zoiets, jongen, dat als je iemand zijn eten eet het heel erg onbeleefd is om hem daarna met een donderbus neer te knallen?" — en terwijl Ran met een half oor luisterde en tegelijk de omgeving aftuurde of hij al iets van rorks of rorkmensen zag, had Norna het heft in eigen handen genomen.

"Jun," zei ze tegen de Meester Mallardy, die een eindje van de anderen vandaan stond, "is je boos op mij omdat 's ik 'n anders hèt genomen voor me man?"

Hij keek haar een ogenblik recht in de ogen voor hij antwoord gaf. Toen zei hij: "Misschien als ik ins Rorkland waar gegaan met jij, dan hads je mij genomen." Ze reageerde niet, en hij ging verder: "Maar ik hèt niet gegaan. Ik hèts geen recht om boos te wezen."

"Daar is ik blij om. Kom dan in het tenthuis met mij, en dan eets we wat saams."

Het zo gebroken ijs vroor nooit meer dicht, en Ran hield op met kijken en ging bij de anderen in het paviljoen zitten. Langzaam, behoedzaam ontwikkelde zich tussen hem en Jun de heel bijzondere verhouding die alleen bestaat tussen twee mannen die om dezelfde vrouw hebben gedongen. Een heeft het gewonnen, de ander heeft het verloren. Het was al veel later op de dag toen een abrupt voorval iedereen naar de deur deed kijken. Het was een van de Assistenten van het Station, en het was wel duidelijk dat hij op de een of andere manier de drooglegging van deze bijeenkomst had weten te omzeilen. Met een stem waarin verbazing, dronkenschap, ontsteltenis en verwarring doorklonk, verkondigde hij, luid en duidelijk: "O, me reet en me enkels, het stikt hierbuiten van de rorks!"

De afspraak was geweest om vijftig afgevaardigden te sturen, en daar hadden ze zich stipt aan gehouden: er waren vijfentwintig rorks en vijfentwintig mensen. En dit keer zaten er onder die mensen ook vrouwen. Voor het eerst zagen Ran en de anderen vrouwelijke vondelingen. Er waren er niet veel — een jonge vrouw, een meisje van misschien tien, met een nog jonger kind op haar heup, en een oude, een heel oude vrouw. Het was zij die de stilte verbrak toen de mensen uit het paviljoen naar buiten begonnen te stromen.

"Ruikts..." mompelde ze. "Ze ruikts." Het paviljoen was voorzien van een wascel en die was intensief gebruikt, maar elk levend ding heeft zijn eigen onophoudelijke, onmiddellijk herkenbare geur. Een leven in de wildernis van Rorkland had haar zintuigen gescherpt. De volgende die iets zei was Rango. Hij deed een stap naar voren, keek naar de gezichten van de rorkmannen, zei toen, eerst onzeker, toen luider: "Butty? Butty?"

Niemand zei iets. Hulpeloos herhaalde hij het nog een keer. "Butty." Het was nu geen vraag meer. Toen deed een van de rorkmannen, die zich niet hadden verroerd, een stap naar voren, heel langzaam. Toen omhelsden ze elkaar, en Rango's gezicht verried de ontroering waaraan hij ten prooi was. Maar het gezicht van zijn langgeleden verdwenen broer vertoonde alleen de vreemde, archaïsche glimlach.

Lomar voelde zijn ogen vochtig worden, en zei, zonder zijn hoofd om te draaien: "Nu zien jullie, nu zien jullie allemaal dat er mensen samenleven met de rorks. Hebben jullie nu nog een beter bewijs nodig dat rorks en mensen samen kunnen werken? Natuurlijk vallen rorks mensen aan als mensen de rorks aanvallen. Maar niet zonder provocatie. Rorks. Willen jullie nu hierheen komen? Een voor een, en heel langzaam. Rorks? Komen jullie?"

Weer de stilte. De wind sprak, als enige. Toen, langzaam, langzaam, kwam op zijn grote, hoge gescharnierde benen een oude rork, meer grijs dan zwart, naar voren. Halverwege het paviljoen bleef hij even staan. "Ror'k. K'omt," zei hij. En: "Ror'k k'omt in vrede." Naast zich hoorde Ran iemand een geluid in zijn keel maken. Het wezen deed nog een paar stappen, zonk toen neer en vouwde zijn poten weg. Pas op dat ogenblik schenen de Tamme Tocks te beseffen wat er eigenlijk gebeurde. Toen een tweede rork naar voren kwam, tastten ze allemaal naar hun amuletten, hurkten neer en begonnen de bezwerende formule te mompelen.

Maar ze maakten hem geen van allen af. Langzaam gingen ze weer rechtop staan. Een paar bleven hun jujuzakjes nog vasthouden. Maar Ran voelde dat de eerste stap naar het overwinnen van de angst gezet was. En in zo'n situatie was het juist de eerste stap die telde.

Rorkland moest in kaart gebracht worden.

Dat was Rans gedachte toen hij daar op een naamloze en van de regen doordrenkte heuvel stond, ergens in het nimmer verkende hart van het Rorkland. Ongetwijfeld waren er lang geleden luchtverkenningen gedaan en waarschijnlijk waren de gegevens daarvan wel ergens beschikbaar. Maar ze waren niet nu beschikbaar, en in deze omstandigheden zouden ze van beperkt nut zijn. Bij het aanvullen van zijn beperkte topografische kennis waren de rorkmannen bijzonder nuttig.

Een van hen kwam nu naar hem toe geklauterd, terwijl de regen van zijn haar en naakte borst en schouders stroomde. "Wat is daar vóór ons, Tranakh, in die kloof? Ik kan niets zien door al die varens."

De man vertelde, half met gebaren, half in woorden, dat de kloof zich behoorlijk verwijdde, dat er een beekje doorheen stroomde. Het was onwaarschijnlijk, zei Ran tegen zichzelf, dat hier rips zouden zitten, maar de kans daarop bestond altijd.

Ran knikte, draaide zijn hoofd iets opzij en zei iets in de kleine micro op zijn schouder, terwijl Tranakh onmiddellijk wegdraafde om verder te gaan met verkennen. Een paar minuten later ging een groepje mannen de kloof in. Ran wist, al kon hij dat niet zien, dat een andere groep er aan de andere kant in ging. Als er rips waren in dit ravijn dan zouden ze er niet levend uitkomen. De wanden waren te steil. Hij veegde over zijn beregende gezicht en begon de heuvel af te lopen, een lange stok met een witte vlag eraan in zijn hand. Bij dit sein bewogen ook andere witte vlaggen vooruit, ver links en rechts van hem. Als een onregelmatige golf, wist hij, zou de beweging zich oostwaarts en westwaarts verbreiden, over de hele breedte van het smalle continent.

De oorlog tegen de rips vorderde, langzaam, maar onverbiddelijk.

De oorlog was belangrijk, belangrijk door de vijand waartegen men vocht. Maar veel, veel belangrijker nog was hij door de samenstelling van het leger dat nu optrok tegen de rips. In één maand had hij de ideeën en gewoonten van eeuwen overhoopgegooid. Tamme Tocks die zij aan zij werkten met Wilde, niet, nog niet, letterlijk zij aan zij, maar in ieder geval wel bondgenoten; en ze beseften het. Wilde Tocks die samenwerkten met mensen van het Gilde! En natuurlijk, het wonderbaarlijkst van alles: mensen (beschaafd, barbaars, gedegenereerd) werkten samen met rorks! Het was allemaal heel revolutionair, maar misschien was iedereen tot op zekere hoogte ook meegesleept door het immense van de hele campagne. Alleen Flinders en Flinders' clan, nog steeds mokkend en recalcitrant in hun bastion op Flinders Rots, deden niet mee.

Ran zuchtte zacht in het besef dat dit grote plan van wederzijdse hulp en samenwerking maar één jaar zou duren. Het was jammer, jammer, maar de tijd leek nog niet rijp om een poging te doen om een permanent akkoord te sluiten. Maar hoe dan ook, één jaar lang werkten de twee rassen samen om de twee gemeenschappelijke vijanden uit te roeien: de vraatzuchtige rips en de moordende ziekte die zij verspreidden.

Een stem klonk in Rans oor, uit de minuscule speaker-plug die erin zat. "Zwever Vijf, rapport aan Hoofdkwartier."

"Hoe gaat het aan jouw kant, Stijve?"

"Een beetje langzaam. Laat ze aan de oostkant niet te snel gaan, anders valt er een gat."

"Oké. Waarom de vertraging?"

"Een heel grote troep rips, eindje terug langs de kust. Er braken er een paar door en ze moesten terug om te zorgen dat er geen ontsnapten. Hee! Ik heb er zelf ook een paar te pakken gekregen!"

"Prima, Stijve, prima! Nog wat?"

"Dat was alles voor Zwever Vijf. Over en uit."

Of het nu Tan Carlo Harbs' niet geringe overredingskracht was geweest of de ernst van de situatie die opeens tot de Technisch Assistent was doorgedrongen, hoe dan ook, Stijve Manton had minstens een van zijn obsessies opzij weten te schuiven en erkend dat dit een echte noodtoestand was. Hij had al zijn zwevers ingezet en ook zijn grondvoertuigen, al was de bruikbaarheid daarvan beperkt in het woeste Rorkland, waar geen wegen lagen, en deed nu enthousiast aan de campagne mee. Misschien had ook het steeds verder in het verleden raken van de Q-dag iets te maken met zijn energieke tevoorschijn komen uit zijn beschuttende pantser. Een aantal andere Gildeleden was iets soortgelijks overkomen. Er werd bijvoorbeeld gezegd dat Reldon, het hoofd van een communicatiecentrum, wat verder naar het westen, geen druppel had aangeraakt sinds de campagne was begonnen. En de ouwe Cap Conders was voor het eerst in jaren zijn scherp ruikende fermenteerschuren uitgegaan en had zich met zó veel enthousiasme op zijn taak gestort dat de Medisch Assistent hem opdracht had moeten geven om het wat kalmer aan te doen.

De hele campagne besloeg een onregelmatige rechthoek die voortdurend kleiner werd omdat de vier zijden naar elkaar toe bewogen. De Tamme Tocks trokken gestaag naar het zuiden, de Wilde naar het noorden. Als beide groepen ver genoeg zuid- en noordwaarts waren gevorderd, zouden ze op de rorks stuiten, die dan aan de oost- en westzijde naar het binnenland op zouden beginnen te trekken. Naarmate het gebied in het midden kleiner werd, werden ook de rijen Tocks en rorks solider.

En dat was maar goed ook.

Meestal wachtten de opgejaagde rips niet tot de achtervolgers dichtbij waren, maar vluchtten ze meteen. Eerst kwamen de mannen, gewapend met pieken en hakken en knuppels en vuurwapens. Achter hen kwamen de vrouwen en de jongens, lawaai makend met alles waarmee maar lawaai te maken viel, schreeuwend en gillend en schel fluitend. Als het terrein zo vlak was dat de zwevers die voortdurend heen en weer schoten konden zien dat er geen rips in de buurt waren, werden de tussenruimten tussen de mensen wat groter gemaakt, anders zouden ze een groot deel van de fauna van Pia 2 voor zich uit hebben gedreven; nu konden de andere dieren door de openingen ontsnappen.

Het tempo van de vier linies, en van elk onderdeel van zo'n linie, varieerde natuurlijk met het weer en het terrein. Als het helder weer was, koel en fris, en ze voorttrokken over vlakke, met gras begroeide stukken en lage, golvende heuvels, die zo goed als weidegrond voor vee gebruikt hadden kunnen worden — en misschien nog weleens daarvoor gebruikt zouden worden — dan lag het tempo hoog. Regen, drukkende warmte, terrein dat doorsneden was met kloven en woeste gedeelten, dat alles drukte het tempo. Bergen en dalen brachten het vrijwel tot nul terug, natuurlijk; dichte bossen, rivieren, stukken doornbos, plekken waar zweepgras woekerde… Er waren geen grote rivieren in Rorkland, geen rivieren die in het regenseizoen niet konden worden overgestoken doordat ze woeste stromen waren geworden. De witte vlaggen van de commandoposten snelden soms voort, soms ook kropen ze op de tast verder. Uit het geelgras van het noorden, de golvende heuvels en de ziltig ruikende kusten van het noorden drongen de Tamme Tocks op; uit de zwart bemoste rotsen en dalen van het zuiden, door de roodvleugeldalen, weer brandend, smeulend rood, kwamen de Wilde Tocks opzetten. En ten slotte maakten de Wilde Tocks aan de westkust contact met de wachtende rorks, en hielden stil. Kort daarna stuitten ze ook in het oosten op de rorks. Het duurde wat langer voor ook de Tamme Tocks de rorks hadden bereikt. Toen begon de tweede fase van de campagne.

Eén keer, vanuit een zwever, had Ran Lomar een rij rorks en een massa rips gezien. Maar toen waren de rips aan het zwermen geweest, ontelbaar, en de rorks waren voor ze op de vlucht. Dit keer was het anders.

Zover hij links en rechts kon kijken strekte de linie zich uit, en trok met bijna militaire precisie naar het westen. Hij kon het stampen van de voeten horen, het opwarrelen van het stof zien, het gonzende rorken horen. De gele maskers gingen op en neer, de ogen draaiden op hun steeltjes in het rond. De rips waren nu gering in aantal, vergeleken met een jaar geleden, toen de bevolkingsexplosie had plaatsgevonden, maar nu ze steeds meer opeen werden gedrongen kwamen ze ook in steeds grotere troepen voor. Af en toe probeerde zo'n troep zich met ontblote tanden en opgezette rugharen te handhaven. Maar de rorks trokken meedogenloos op, en elke keer weer weken de rips.

Een angstaanjagende gedachte was bij Ran opgekomen. Nogal laat, gaf hij bij zichzelf toe. Als de rips de hele campagne al koorts verspreidden, zouden de bondgenoten dan niet een gebied intrekken waar de koorts, om het zo maar eens te zeggen, hen zou liggen op te wachten? De Medisch Assistent, zo grondig tussen zijn kasten met mossen en paddenstoelen vandaan gehaald dat hij zich er misschien wel nooit meer mee bezig zou gaan houden wierp zich met nerveus enthousiasme op Rans vraag. Rips werden gevangen, doodgemaakt, opengesneden, hun organen werden betast en bekeken, microscoop-glaasjes en oplossingen werden gemaakt en bekeken, grondmonsters werden onderworpen aan een scala van proeven, ja, lucht en water zelf werden gevangen en gemarteld om wat ze aan aanwijzingen af konden staan. Ten slotte dan de conclusie.

"Bedenk goed, bedenk heel goed," zei de kleine arts, bij wie behoed-zaamheid eindelijk het enthousiasme een beetje begon te temperen, "bedenk goed dat dit een voorlopige mening is. Voorlopig, en een mening. Het is geen officieel rapport."

En Harb, bezweet, vuil, ongeduldig: "Praten, jongetje! En snel voor de dag ermee, of —"

En dus, haastig, zonder te wachten op het eind van de zin, praatte de MA. Er waren sporen aangetroffen van latente koorts. Bijna geen aanwijzingen dat de koorts nu actief was. En meer, en meer:

"Ik ben zelfs van mening dat, tja, dezelfde ziekte heeft een ander effect op een ander organisme, nietwaar? En dus ben ik van mening dat de koorts alleen maar heerst in de jaren dat ze uitzwermen. Ja, hm. Ik denk zelfs dat juist de koorts ervoor zorgt dat ze zwermen!" In de stilte die plotseling viel, voegde hij er, weer timide, aan toe: "Nietwaar?"

Er was geen tijd om ja of nee te zeggen. Alle dagen door trok-ken de mensen en de rorks verder op; alle nachten door vlamden en gloeiden ontelbare vuren. Niet sinds het continent sissend, stomend, half-vloeibaar uit de zee was opgerezen had het land zoveel activiteit gezien. De kampvuren en waakvuren brandden, de gilkinderen jankten in het struikgewas alsof ze gebroken waren van verdriet. Verderop, in de steeds kleiner wordende rechthoek, konden ze de rips rusteloos horen keffen en grauwen.

Tussen de vijftig en de honderdtwintig vierkante kilometer, dat was het gebied waarin volgens Fase Drie de rips bijeen moesten worden gedreven. Al geruime tijd voor het zover was, waren de rips steeds vaker terug gaan vechten. Maar de linies van mensen en rorks die ze steeds dichter op elkaar drongen waren nu veel geslotener dan in het begin. De woeste beesten werden aan pieken geregen, doodgeknuppeld, doodgeschoten, uiteengescheurd door sterke klauwen. Af en toe raakten er mensen gewond, en rorks eveneens. Maar snelle eerste hulp en verdere verzorging maakten dat er verrassend weinig slachtoffers vielen, en daar was iedereen blij om. Ten slotte waren de rips dan bijeen gedrongen in een klein gebied. En toen begon de derde fase, de beslissende fase.

Een corridor werd gemaakt, anderhalve kilometer breed; langs de flanken stonden eenheden die van de andere linies waren weggehaald. Die linies begonnen nu onmiddellijk verder op te dringen. De rips werden het carré uit gedreven, de corridor in. Ze kregen geen rust, geen gelegenheid om zich te concentreren en terug te vechten. Hun achtervolgers werkten in ploegen, in lamplicht en fakkellicht en in het licht van grote, hoog oplaaiende vuren. Met wapens, lawaai, geknal van vuurroeren en stotende pieken, met stenen, zo werden de rips de corridor in gedwongen, en die corridor leidde naar de uitgekozen plek aan de westelijke kust.

Niet in kaart gebracht, onbekend. Dat gold voor het grootste gedeelte van die kust misschien wel. Maar dit deel, begrensd door loodrechte rotswanden, honderden meters hoog, met aan hun voet de kokende zee, dat deel was allang bekend en werd al even lang gemeden.

Dodemansgolf, zo heette dit ziedende, van klippen vergeven stuk kust.

Elk vaartuig waarover de Wilde Tocks beschikten — boomkano's, vlotten, catamarans — lag in een grote boog voor de opening die de Golf verbond met de Westelijke Zee. De ene Stationsboot, door zijn snelheid buitengewoon bruikbaar, maakte deel uit van het cordon; en boven het water, zo dicht als maar veilig was, scheerden de zwevers.

Er waren maar weinig rips die het haalden tot aan het cordon. En er voorbij kwamen ze niet.

De vierde en laatste fase van de campagne omvatte minder lawaai, maar werd even grondig aangepakt als de andere drie. De mannen en rorks die nu langs de kusten trokken, gingen op zoek naar broedplaatsen van de rips op de zandstranden tussen het hoogwaterpunt en het eigenlijke vasteland in. Als de rips levendbarend waren geweest was het werk misschien eenvoudiger geweest. Of moeilijker. Hoe dan ook, anders. Maar het waren wezens die wel wat weghadden van de laagste groep zoogdieren op de Oude Aarde: ze legden eieren. En inmiddels wist zelfs een kind waar hij naar uit moest kijken: lage, ronde, zanderige hoopjes, bedekt met losse stukken zeewier, die langzaam verrotten en zo door hun warmte de eieren hielpen uitkomen.

Het was niet nodig om de leerachtige hoopjes helemaal kapot te maken. Een klap met een hak, een stoot met een piek, of zelfs een in het vuur gescherpte stok of een speer, geïmproviseerd van een scherp stuk schelp was voldoende. De zeevogels vraten zich vol aan dit geweldige feestmaal. Maar soms waren de eierdoppen al uit elkaar geslagen, waren de schalen gebroken en verdroogd. Dan waren andere rovers er eerder bij geweest.

Het zoeken werd afgerond in het middelste deel van de oostkust, en Ran kwam vrij laat op een middag met zijn witte vlag de schuine helling naar de zee af toen zijn oortelefoon even zoemde.

"Zwever Vijf hier. Ranny?"

"Stijve? Zeg het maar."

"Er schijnt een soort kreek of inham te zijn, zo'n drie kilometer van waar je staat. Ik denk niet dat je de plek van de wal af kunt zien, er zitten allemaal rotsen voor, maar ik geloof dat ik zand zie. Ik ga erheen. Ik ben er zelfs al bijna, en ik wil landen en kijken of ik het zelf aan kan."

"Voorzichtig, Stijve," interrumpeerde Ran. "Er zijn daar misschien wel gevaarlijke windstoten. Daar zou je best eens last van kunnen hebben."

"Maak je nou maar niet druk." Een droevig lachje. Gemompel.

"Blijf een eindje bij de rotsen vandaan, Stijve," zei Ran, een beetje

bezorgd. Er kwam geen antwoord, alleen een snelle, gejaagde ademhaling. Toen kwam er een nieuwe stem bij, die van Harb.

"Weg daar, Assistent! Nu meteen! Heb je —"

Kort en afschuwelijk klonk de klap in hun oren. Een eind verderop
schoot een steekvlam omhoog. Toen kwam de rook. Toen stilte.

Ten slotte, na een lang ogenblik, zei Harb zacht: " 'Vrees niet langer
de hitte van de zon...' "*

Maar Ran dacht aan iets anders. "Of het Q-schip," zei hij.

---

* Uit *Cymbeline* van Shakespeare: de dood verlost de mens van alle zorgen en
  angsten. (vert.)

Hoofdstuk 9

antons dood bleek niet futiel door het afwezig-zijn van eieren; er waren wel degelijk nesten, en als hij de inham niet had gezien had niemand hem misschien gezien. Dit zette Ran aan het denken over iets, en hij kwam er vrij vlot achter dat anderen aan hetzelfde dachten.

Norna bijvoorbeeld.

Hij had haar een paar dagen al niet gezien, hoeveel precies kon hij zich niet herinneren, maar nu hij naar haar keek kreeg hij het idee dat hij naar een soort spiegelbeeld van zichzelf keek. Ze was magerder, moe, haar ogen waren rood, ze was niet bepaald schoon meer, haar haar was verward en hier en daar wit van het opgedroogde zout. Zand zat aan haar voeten en enkels; ze veegde ze af aan het schaarse gras.

"Ik denk aan Flinders," zei ze abrupt.

"Ja?" Hij keek haar scherp aan. "Eigenaardig. Ik zit net ook aan hem te denken."

Ze knikte. De zon was warm, de lucht zuiver, en het rook naar de zee en de kleine moerassige riviermonding een eindje verderop en naar de minuscule gele bloemetjes die opeens in massa's bloeiden. Een eind verderop pakte een Tamme Tock opeens een stel kapotte eieren en gooide de hele massa naar een rork. Een ogenblik verstijfde Ran. Maar voor hij iets kon doen of zeggen had de rork zich razendsnel omgedraaid en met een geweldige achterwaartse beweging van een sterke voet de man bespat met modder. De Tock bleef verbaasd staan staren. Zijn makkers lachten en joelden hem uit. De rork maakte een geluid dat weleens gelach zou kunnen beduiden. Ran ontspande zich.

"Ja. Ik bedoelts, niet alleen de Meester en zo. Nu hij gevaarlijk is. Maar we is niet in zijn land geweest. Als er daar rips is…"

Ze had de spijker op zijn kop geslagen. Als er in de buurt van de Rots rips in leven bleven, en waarschijnlijk waren er wel een aantal, dan zouden er na verloop van tijd misschien weer net zo veel zijn als vroeger. De communis opinio was dat een soort zich nooit meer kon verbreiden als het aantal exemplaren dat nog over was beneden een bepaalde grens kwam; hierbij speelden andere factoren dan geslachtsverkeer mee. Of dat waar was of niet wist hij niet, en ook niet wat het minimum aantal was. Het was mogelijk, waarschijnlijk, dat het van soort tot soort verschilde.

Maar als er genoeg rips in en om Flinders Rots overbleven, dan zou de hele zware campagne voor niets zijn geweest.

"Wat vind jij, Norna?" vroeg hij. En ze vertelde het hem.

Ze vonden Tan Carlo Harb onder een geïmproviseerd afdakje. Hij zat uit te kijken over de Oostelijke Zee. Nu de campagne bijna voorbij was, was hij weer meer zijn vroegere zelf. Hij begroette ze met een zwaai van zijn hand. "Trek er maar een boomstronk bij, of zoiets. Of ga op je hurken zitten als je pittoresk of barbaars of zo wilt doen. Ik heb genoeg zand in mijn broek. Zo. Ik kan je eindelijk weer eens een koel glas bieden, en ik sta erop dat jullie zo'n glas van me aannemen voor jullie me dwingen te luisteren naar wat jullie me maar al te graag willen vertellen. Dat zie ik zo."

Hij straalde, keek opgewekt van de een naar de ander. "Ik moet zeggen dat ik me op zijn minst tien jaar jonger voel. De moeilijkheid is dat ik niet echt zeker weet of ik dat wil. Ah, de lekkere glazen. Hmm, tja, we zullen een nieuwe toost moeten bedenken, hè? Wat vervelend nu weer." Hij hief zijn glas. "Dode rips!"

"Dode rips!" Ran was helemaal vergeten hoe ongelooflijk lekker een groot glas vol koele drank zijn kon. Hij scheen elke slok helemaal omlaag te voelen gaan.

De BO fronste heel even zijn voorhoofd. "Laat nu eens zien, voor jullie jongelui weer beginnen te kletsen en te oreren, waarover wilde ik het nu ook al weer hebben? O ja…die smerige ouwe rat, Flinders."

Ran, die zich toch wel wat dommig voelde, mompelde: "Daar wilden wij het nou juist ook over hebben."

"Zo? Dacht je soms dat ik hem vergeten was? Voor één ogenblik vergeten? Zeker niet. Nee. Flinders zal moeten buigen. Flinders zal moeten afrekenen met de rips in zijn gebied. Om te beginnen, want ik besef heel goed dat hij denkt dat hij reden heeft om mij te haten (en dat heeft-ie zeker, ho ho ha), wil ik de bordjes eens verhangen en zorgen dat hij zich op z'n kop krabt. Dat brengt wilden altijd uit hun evenwicht. En dus krijgt hij van mij amnestie. Krijgen? Schenken. En dus schenk ik hem amnestie. En dan, terwijl hij nog steeds kwijlend loopt te piekeren wat hij daar nou van moet denken, zorg ik dat-ie z'n ellendige landje ontript. Zal ik eens vertellen hoe?"

Het plan van Tan Carlo Harb was het volgende: de Meester Flinders zou verzocht worden om de campagne tegen de rips te dupliceren, onder nominaal toezicht, en, heel tactvol, met de functie van assistent. Voor dit werk zou hij worden beloond met een som gelds in de vorm van fiches, niet alleen inwisselbaar bij de Tockywinkel van het Station, maar ook bij de winkel waar de Gildeleden zelf hun inkopen deden. Flinders zou van de Rots naar het Station worden vervoerd en weer terug, en hij mocht zijn fiches gebruiken voor alles dat te koop was, of hij mocht ze vastzetten om later te gebruiken.

"Dat recht geef ik te zijner tijd waarschijnlijk aan iedereen," zei Harb tevreden. "Per slot van rekening blijven ze maar roodvleugel aanvoeren; er zitten heel wat gebouwen prop- en propvol mee. Iedereen mag kopen wat hij wil. Wilde Tocks, Tamme Tocks, die geweldige onbeschaafde lieden die door de rorks zijn opgevoed. En ja, waarom niet, rorks ook. Al zou ik niet weten wat die zouden willen kopen. Ik bedoel, ze hebben niet eens een nek om kralen aan te hangen! Enkelbanden misschien. Zo. Maar Flinders mag het eerst, om ervoor te zorgen dat hij voortaan aardig doet, begrijp je? Maar hij krijgt niet zomaar een bedrag ineens. Ik wil dat hij het met hart en ziel doet, ik wil dat hij elk ogenblik van de dag aan het uitmoorden van rips denkt. En dus wordt het stukwerk. Zoveel per kop of staart of stel oren. Handje contantje. Wat vinden jullie ervan?"

Ran en Norna keken elkaar aan. Zonder iets te zeggen knikten ze. Harb wuifde met zijn hand. "Neem jij de details maar voor je rekening, jochie. Van nu af aan ben ik van plan om hier te blijven zitten tot mijn arme moede voeten wortelschieten. Vooruit, kinderen. Vooruit, vooruit, vooruit."

• • •

Ran regelde de details vanuit zijn commandopost. Reldon, de Commerciële Assistent, had even rode ogen als de meeste anderen, maar dat kwam niet meer van het drinken, en zijn handen beefden niet meer. Leiding geven aan een vredesdelegatie of hoe je zoiets ook zou kunnen noemen, en de oorlog tegen de rips afsluiten met een campagne in het land van Flinders was misschien niet een voor de hand liggende taak voor de Commerciële Assistent, maar was moeiteloos binnen zijn jurisdictie te brengen, en bovendien was hij nog nooit in Zuid-Tockland geweest en greep hij de kans om te gaan met beide handen aan. Ran kreeg het idee dat de man niet al te graag terug wilde naar het Gildestation, terug naar dezelfde geestdodende, zinloze routine; naar de wachtende fles en de flessen van wachtende vrienden. Misschien zou het geen slecht idee zijn om hem permanent in Wild Tockland te stationeren.

Reldon zou dus de delegatie leiden. Verder namen er Tamme en Wilde Tocks aan deel, en een paar rorkmannen; de laatsten hadden van een aan het buitenzintuiglijke grenzende perceptie van terrein en natuur blijk gegeven. Maar het werd niet raadzaam, of zelfs nuttig, geacht om in de delegatie ook rorks op te nemen.

De delegatie werd per zwever naar het zuiden gebracht en Ran, die de onvermijdelijke teleurstelling voor de anticlimax begon te voelen, zette zich aan het afronden van het karwei. Er was één ding dat hij geregeld wilde zien. Bij de pow-wow was alleen maar een éénjarige vrede tussen mens en rork gesloten. Ran zei dat aan het eind van dat jaar een tweede pow-wow zou worden gehouden om de mogelijkheid van het voortzetten van de vrede te bespreken. Hij merkte dat niemand daartegen was, al kwam er op zijn woorden ("Natuurlijk is een permanente vrede mogelijk! Hebben we het bewijs daarvoor dan de afgelopen weken niet geleverd?") even vaak een onzekere, vage reactie als een bevestigend antwoord.

Eindelijk werd de laatste centimeter kust vrijgegeven; de ploegen die de hele kust van het continent hadden afgewerkt kwamen elkaar tegen en sloten de kring. Er werd feest gevierd, dat wel, maar niet zo lang als verwacht. Iedereen scheen plotseling te beseffen dat er andere dingen, doodgewone dingen, gedaan moesten worden. Akkers moesten worden verzorgd, vissersbootjes gerepareerd en netten geboet, huisies moesten worden beschermd tegen de schade van de regens.

Kantoorwerk moest worden gedaan.

De ene dag was het strand bij Punt Voltooiing (zoals Ran het genoemd had) nog vol mensen; de dag daarop waren er nog maar een paar over. "Zullen we gaan zwemmen?" zei hij tegen Norna. Dat bleek ze niet te kunnen, en hij bood aan om een eerste les te geven. Naakt, hier, midden op de dag, terwijl anderen, niet veel, maar toch, hen konden zien? Nee. Norna weigerde. Maar haar lange onderjurk was niet zo zwaar dat zij de bewegingen van haar armen en benen belemmerde, en ze bleek een vlotte leerling te zijn.

"Nou, voorlopig is het zo wel genoeg," zei hij na een poosje. Ze stond op toen hij haar losliet, en opeens zag hij de drijfnatte stof tegen de contouren van haar jonge lichaam plakken en zijn gevoelens maakten een wilde vlucht. Ze begreep het meteen, en bloosde; maar toen ging haar blik naar het strand.

"Die bomen daar…" fluisterde hij in haar oor. Arm in arm waadden ze naar het land, en eerst het strand en toen de bomen leken wel honderd kilometer ver. Eén ogenblik leek de stof weerstand te bieden aan zijn vingers, zich koppig vast te klemmen aan haar huid. En toen liet hij opeens los en was er niets tussen hen dan het slaan en het hameren van hun harten.

Pia Sol had zijn lange baan langs de hemel half voltooid toen ze uit het bos kwamen en naar de zwever liepen die als commandopost fungeerde. Een insect zoemde ergens, steeds luider, steeds dringender. Zó ver weg was hij met zijn gedachten dat pas toen hij naast de zwever stond tot hem doordrong dat het helemaal geen insect was, maar het zoemen van het oproepsignaal. Hij sprong in de cabine en drukte de toets in. "Zwever Zestien hier. Wat —"

Harbs stem, hoog en fel, snerpte in zijn oor. "Waar ben je verdomme al die tijd geweest? Ik probeer je al tijden te bereiken en —"

"Ik ben wezen zwemmen," zei Ran een beetje bokkig.

"Zwemmen! Ja, natuurlijk. En duiken ook, daar twijfel ik geen seconde aan. Luister, grote minnaar." Plotseling brak de stem van de BO. Een ogenblik later ging hij verder, en nu klonk zijn stem dof en kalm. "Sorry, let maar niet op mij. Luister. Je weet niet wat er in het zuiden is gebeurd, hè? Het is mijn schuld. Allemaal mijn schuld. Ik had beter moeten weten. Ik had echt beter moeten weten."

Een van de Wilde Tocks had zich over de rand van de Rots geworpen. Wonder boven wonder had hij het overleefd, en al was het wel duidelijk dat hij niet lang meer te leven had, hij wist voor hij stierf nog genoeg te vertellen.

Zelfs in de warmte van de nazomer, verglijdend in het eerste begin van de herfst, zag Flinders' Land er schraal en armoedig uit. Het gras leek levenloos. Ran keek naar de gezichten die hem grimmig aanstaarden, keek het landschap rond. Het scheen hem vertrouwd voor te komen, en opeens keek hij herkennend om zich heen. Hij en Norna waren hierlangs gekomen toen ze door Flinders gevangen waren genomen. Iets... Ergens, hier ongeveer, had iets zijn aandacht getrokken.

"De rotshoop," zei hij.

Jun Mallardy knikte. Zijn ogen waren bloeddoorlopen, zijn mond leek wel vertrokken in een grauw. "We laats je de rotshoop 's zien," zei hij. Het was niet ver. De schedel die daar in de Koude Tijd op had gestaan, was er nu nog. Alleen lag er nu geen sneeuw op, in plaats daarvan roodachtig mos.

Het was geen mos. Het was haar. En het was nog geen schedel. Het was een hoofd.

"Reldon!"

"Is dat zijn naam, zegts?" Mallardy knikte, bijna onverschillig. "Hèt's veel namen. Al's dood."

De ogen staarden Ran recht aan. De mond scheen te proberen iets tegen hem te zeggen. Rans handen omklemden elkaar. Zo weinig had het gescheeld, dacht hij, zo weinig had het gescheeld of Reldon was omhooggeklommen uit de put van hopeloosheid die zijn jaren had verwoest. Niet hier, niet daar, niet boven ons, niet onder ons is er iets wat beter is... Hij probeerde iets te zeggen. Dode rorks? Dode rips? Dode Flinders!

"Flinders heeft het gedaan," zei iemand. "Flinders heeft het gedaan, Flinders heeft het gedaan, Flin —"

Een hand groef zich in zijn schouder, schudde hem heen en weer.

Abrupt hield de stem op. Hij herkende hem nu. Het was de stem van Edran Lomar. Jun Mallardy was aan het woord. "Flinders heeft het gedaans, zegts. Ja. Vraagt: 'Maar waarom?' Ik hèts geen antwoord. Mijn broer Sai is gindsheen gegaan, en Tig Owelly, en…Jij kent d'r namen niet. Wij wel. Zeker is dat hun hoofden daar op de Rots hangt. Waarom? Misschien zag de ellendige ouwe Meester 's een kans om zich te wreken voor alle vetes, ouds en nieuws. Misschien is 't dat hij het niet kan verdragen om 's aan vrede te denken…"

"Het kan me niet schelen waarom. Flinders wil bloed." De ander grauwde en gromde als een rip. "En we zul 's 'm bloed geven. Hij zal 's genoeg bloed hebben om in te zwemmen. En —" Abrupt draaide hij zich om en staarde Ran pal in het gezicht aan. "Gildsman! Wees daar 's zeker van! Hij zal 's genoeg bloed hebben om in te verdrinken!"

Alle andere clans waren hier. Als geschreeuw iets vermocht tegen rotsen, dan zou de schreeuw die opsteeg Flinders Rots hebben veranderd in puin, in stof.

Het afslachten van de delegatie, die vol vertrouwen het Kamp binnen was gegaan nadat de Meester de door Harb aangeboden amnestie en ook de andere condities had aanvaard, was de daad van een krankzinnige geweest. Opgesloten zat hij in zijn rotsige, armzalige landje, en de kans om in vrede te leven had geen licht laten schijnen in zijn broei-erige, benauwde geest. Het niveau waarop zijn gedachten zich bewogen was zó laag dat Harbs' hoopvolle gedachte over hem heen was gegaan zonder dat Flinders er iets van had gezien. Flinders kon maar één ding begrijpen: iedereen die niet bij zijn familie en niet bij zijn clan hoorde was zijn vijand. En hier bood een groep vijanden aan om in zijn huis en in zijn handen te komen! Instemmen met de voorwaarden die ze stelden? Hij zou hebben beloofd om op de bodem van de zee naar de zon te vissen als hij ze zo binnen had kunnen krijgen.

En nu waren al zijn mensen het ongenaakbare kamp op de Rots ingevlucht en werd de Rots belegerd. In zekere zin was de oorlog tegen de rips vergeten, overschaduwd door de oorlog tegen Flinders. Niettemin paste wat van het eerste nog te doen was prima bij het tweede. De belegeraars vormden een cirkel en maakten die geleidelijk kleiner. Ongetwijfeld vonden de paar rips die geveld werden niet alleen de dood omdat het gevaarlijke dieren waren, maar ook omdat

Rork!

ze min of meer de vertegenwoordigers waren van alles wat er slecht was in Flinders' Land. Maar toen men bij de Rots was, ontstond er een patstelling. De mensen in het Kamp konden niet naar beneden, maar de belegeraars konden niet omhoog, want het ene smalle pad en de toegang tot het Kamp werden dag en nacht bewaakt. Zeker was, bedacht Ran, dat discipline iets was dat de Wilde Mannen niet al te lang konden volhouden. Misschien zou na verloop van tijd Flinders niet meer zo op zijn hoede zijn. Maar voor de belegeraars gold precies hetzelfde.

En dan zou het allemaal weer opnieuw beginnen: rips, Flinders, vetes, koorts. Zou dit land dan nooit rust krijgen? Hij was de katalysator die alles wat in het recente verleden gebeurd was, alles wat nu om hem heen gebeurde, en alle reacties daarop, veroorzaakt had. Op hem rustte de plicht om de zaak tot een goed einde te brengen.

De zwever kon, in de voorzichtige tijd van die arme Stijve Manton, veilig vijf man vervoeren. Ran stouwde er vijftien in, de lichtste die hij kon vinden. Hij bedacht dat één goed doorvoed Gildelid waarschijnlijk wel even zwaar was als twee Wilde Tocks. Als het donker was... Hij wachtte, eindeloos lijkende uren wachtte hij. Toen spatte in de verte de nacht uiteen in lawaai en licht. Een troep roerschutters, hun gloeiende lont verborgen onder mantels, die haastig waren geïmproviseerd van wat de vrouwen aan kleding konden missen, was tot dicht bij de plek geslopen waar, wist men, de bewakers van het pad stonden. Nu openden ze het vuur. De afstand en de hoek waaronder ze schoten en de duisternis waren ongunstige factoren, zodat niemand iets zou raken. Maar dat kon Ran niet schelen. Hij wilde alleen maar lawaai.

Onder dekking van dat lawaai landde hij met zijn zwever in de verste, donkerste hoek van het Kamp en zette er zijn vijftien mannen af. Nog twee keer kwam hij terug. En toen gingen de vijfenveertig man tot de aanval over. Gezond verstand en normale discipline hadden ervoor moeten zorgen dat Flinders' mannen die het pad naar het Kamp bewaakten op hun post bleven, maar met geen van beide eigenschappen waren ze al te rijk bedeeld. Toen boven hen het schieten en schreeuwen begon lieten ze onmiddellijk hun post in de steek en gingen terug om huis en haard te verdedigen. En allen die beneden stonden te wachten kwamen toen het pad opstromen, klauteren, klauwen, klimmen.

De poort bleek al half open te staan. Het gevecht was in het duister begonnen, maar aan het eind was er licht genoeg. Het was in de gloed van zijn eigen brandende kamp dat ze Flinders in een hoek dreven. Ze bonden hem vast en gooiden het touw over een balk. Hij hing daar ondersteboven en schreeuwde ze obscene woorden toe, terwijl ze een klein emmertje onder zijn hoofd zetten. Ze sneden zijn keel af en lieten hem een halve meter zakken. Hij stierf zoals Jun had beloofd. Hij verdronk in zijn eigen bloed.

HOOFDSTUK 10

Op een dag, zei Ran tegen zichzelf, zou er een grote weg door Rorkland lopen en het noorden en zuiden met elkaar verbinden. Ironisch genoeg was het heel fortuinlijk dat deze ontwikkeling nu was begonnen, nu het menselijk ras nog steeds moe was. Hij probeerde zich in te denken hoe de weg eruit zou komen te zien, en uit te rekenen hoe dicht langs de Vlakte der Lichten hij zou lopen. De Vlakte der Lichten! Wat een prachtige plek! En hij en Norna... Norna had hem weer verlaten, dit keer om Lindel. Ze had gezegd dat hij beter tussen hen moest kiezen. Hij had boos geweigerd. Maar weggaan was haar eigen idee geweest. Wel zo goed eigenlijk. Er lag een wilde zoetheid in haar, en ook een wilde wrangheid, als een ongecultiveerde boom uit het bos, met zijn kleine, bedeesde vruchten. Dit was wat hij had gewild toen hij hier kwam. Ontsnappen aan het verleden, ontsnappen aan alles wat keurig gesnoeid en gecultiveerd was, de onberoerde grond van het naakte landschap betreden. En hij had alles gekregen wat hij had willen hebben, zijn hartenwens was vervuld, meer dan vervuld. Hij had er geen ogenblik spijt van. Maar hij was niet van plan om zich halsoverkop in de diepte te storten. "Per slot van rekening," zei hij tegen Lindel, "ben jij nauwelijks het meest bescheiden, tamme wezentje dat ik ooit heb ontmoet." Ze glimlachte. "Je bent hier opgegroeid, je doet precies wat je zelf wilt. Je bent zelf ook een behoorlijk wilde geworden. En een behoorlijk hete ook." Maar behalve dat was ze ook beschaafd.

Norna niet, ondanks de dunne laag beschaving die ze van haar vader had gekregen. Norna kon lezen, zo ongeveer. Ze kende een paar liedjes.

Ze wist een beetje van geschiedenis, wetenschap, cultuur, van het melk-wegstelsel waarin ze leefden, maar nooit meer dan een beetje. Nee.

Ran had genoeg van de wildernis, van de natuur, en van de kinderen van de natuur, van barbaarse clanhoofden en meisjes. Hij zou zijn werk doen, net als hij tot op dit ogenblik zijn werk gedaan had; en hij zou het verdomd goed doen ook. En dan, hoe dan ook, ging hij weg. Er waren andere werelden te zien, waarop het juk van het Gildesysteem licht rustte, zo het er al op rustte. De zogenaamde 'Vrije Werelden' bijvoorbeeld.

Maar daar was nog tijd genoeg voor. Het zou nog lang duren voor het Q-schip kwam en hij de ruimen vol zou stouwen met roodvleugel. En ondertussen…

Ondertussen was de zon weer vier seizoenen verder. Het ogenblik was aangebroken voor de tweede grote pow-wow. Weer waren de gol-vende weiden om Holle Rots bedekt met mensen en rorks. Tan Carlo Harb sprak hen toe vanaf het podium buiten het paviljoen.

"Waarom zou er geen blijvende vrede kunnen zijn?" vroeg hij. De verschillen tussen mensen en rorks waren niet groter dan tussen men-sen en andere mensen. De Wilde mensen vertrouwden het Gilde niet, en het Gilde vertrouwde de Wilde mensen niet. En was er tussen de Wilde mensen onderling niet altijd oorlog?

Een gemompel steeg op toen hij even zweeg. Of het instemmend was of anders was moeilijk te zeggen. En in de stilte kwam de Oude Dominis langzaam overeind van de rots waarop hij zat. Zijn baard was niet witter, zeker niet, maar zijn stem was een beetje zwakker.

"Vrede, zegts. En oorlog. Ik zie de kleinen nu, niets zoals ze altijd geweest is. Ze groeit allemaal op, zegts. Koorts maakts ze niet meer dood. En ook geen vetes meer. Een jaar geleden ha'k het niet kunnen denken. Toen haatte ik 's een Gildeman even erg als 's een rork. En nu, zegs ik, he'k geen haat, voor geen van de twee niet." Nogal abrupt ging hij weer zitten.

Jammer, zei Ran bij zichzelf, dat de oude man die redenering niet wat meer had uitgebouwd. Maar toen stond iemand anders op en door-brak zijn gedachten. Het was een van de minder belangrijke Meesters, een clanhoofd dat Tarmi heette. Ran kende hem nauwelijks. Hij had een nogal schelle stem, je moest je inspannen om te verstaan wat hij zei.

"Geen koorts meer, zegts. Da's een goed ding, denkts. Misschien heeft hem gelijk. Ik zeg 's niet dat het slecht is. Maar, zegs ik, denk er eens over na, als mensens niet meer aan koorts sterft, dan sterfts rorks ook niet aan koorts. Wa's dat? Dat's meer mensens, meer mensens, meer mensens, niet? Meer rorks, meer rorks..."

Het begon tot ze door te dringen wat hij bedoelde. Het duurde even voor hij zijn gedachten goed geformuleerd had. Dit waren per slot van rekening overwegingen die in hun leven nooit een rol hadden gespeeld. Maar ze begonnen het te begrijpen. "Nu. Wat ist dat mensens wil? Roodkruid, ist niet? Roodkruid, zegs ze. Trekken, hakken, inleveren, drogen. Roodkruid. Zo. Wat ist dat rorks wil? Hah?"

Het geroezemoes werd luider. Ze begonnen het nu echt te begrijpen. Mensen bewogen zich rusteloos heen en weer en praatten met hun buren. De rorks, de meeste van hen in de rusthouding, zeiden niets, bewogen zich niet. En de rorkmensen leunden op hun lange stokken (ze hadden dit keer geen knotsen bij zich, of misschien ook wel, maar dan hadden ze die ergens neergelegd waar de rest ze niet kon zien) en glimlachten hun vreemde, onaandoenlijke glimlach. De geur van brandend hout drong sterk in Lomars neusgaten, en, veel zwakker, ook de geur van roodvleugel.

"Ahhh...Rorks moets eten, net als ieder. En, zegs ik, wat ist dat de rorks eet? Zegs?"

Iemand in de menigte schreeuwde het antwoord. Tien stemmen herhaalden het, twintig, honderd.

"Roodkruid! Roodkruid! Roodkruid!"

Knikkend wachtte de Meester Tarmi tot ze uitgeschreeuwd waren. "Roodkruid, zegts. Precies. En nou vraagts ik. Zeg niet: Tarmi praat 's tegen de vrede. Nee. Ik vraagts alleen. Als mensens roodkruid wilt en als rorks roodkruid wilt, en als er meer mensen komt, en meer rorks, nou, begrijpst? Dan komt misschien vroeg of laat een ogenblik dat een man een stengel roodkruid uit wil trekken, en zegts: ik wils dit. En dan komts een rork en zegts: ahhh, ik wils dit."

En te midden van groot tumult ging hij weer zitten. Ran hief zijn hand op om stilte en wachtte geduldig tot het zover was. "Er is een Gildelid dat iets wil zeggen." Het was de Tweede Assistent, Lindels vader, Aquilas Arlan, zo nerveus en tegelijkertijd, dat was wel duidelijk, zo zeker van zichzelf, dat hij helemaal vergat om te giechelen. Hij zei: "Het enige zinnige antwoord op deze vraag, is het land in sectoren indelen." Het bleef stil. "Het in twee stukken verdelen," legde hij uit. "Zodat—"

Jun Mallardy sprong naar voren. "En wie trekt 's die grenzen?" riep hij.

"Ja, het Gilde, natuurlijk."

Hij werd overstemd door rumoerende stemmen. Ran keek naar Harb. Harb knikte. Ran keek naar de rorks en de rorkmannen. Niemand had zich nog verroerd. Zijn blik kruiste die van de rorkman die Tranakh heette. En Tranakh, zijn glimlach even minzaam (als dat het goede woord was) en eigenaardig als altijd, maakte een heel klein gebaar. Langzaam stierf het geluid weg. Er waren nog steeds mensen die iets wilden zeggen, maar Ran keek niemand aan. Harb keek niemand aan. Ze schenen op iets te wachten. Geleidelijk aan stierven ook de laatste geluiden weg, tot het doodstil was. En nog steeds zei niemand iets. Toen, tussen de wezens die nog niets hadden gezegd, strekte een enorme oude rork zijn benen en stond op. Langzaam liep hij op de mensen toe, heel gestaag, tot hij dichter voor hen stond dan een rork die dag gestaan had. Hij had iets in zijn mond. De menigte week links en rechts terug. De mensen waren niet erg ongerust, niet erg verbaasd. Nee, ze wachtten. Verder, steeds verder liep het grote wezen.

Op zo'n vijf pas voor Tarmi bleef het staan. De rork hief een voet op en pakte wat hij in zijn mond had gehad beet, en met die voet, zo vreemd menselijk en toch ook zo enorm anders dan een langere, gevaarlijker mensenhand, hief hij het ding langzaam op, zodat iedereen kon zien wat het was. Een roodvleugelplant, pas uit de grond getrokken. Langzaam, maar met effectieve klappen, sloeg de rork het onderste gedeelte tegen de grond, tot de aarde eraf was. Langzaam, terwijl iedereen verwonderd toekeek, brak hij de plant in twee stukken. En langzaam at hij de stengel op. En toen, langzaam, stak hij Tarmi het stuk met de bladeren toe.

De oplossing was zo voor de hand liggend dat hij iedereen ontgaan was. Mensen en rorks hoefden niet te concurreren om roodvleugel, nu niet, nooit niet, hoe talrijk ze allebei ook werden, want ze gebruikten ieder een ander deel van de plant.

Het gepraat ging door, natuurlijk, gewoon omdat de vaart er niet een twee drie uit te halen was, maar eigenlijk was alles al in die paar minuten trage pantomime geregeld. En toen men het er na verloop van veel tijd eindelijk over eens werd dat mensen geen roodvleugel meer uit de grond zouden trekken, maar in plaats daarvan de bladeren zouden verzamelen die de rorks lieten liggen, toen leek het een wonder dat zo'n regeling niet al van het eerste begin af aan bestaan had.

"Nou, ik ben heel tevreden," zei Harb langzaam. "Ik ben werkelijk heel tevreden. Het klopt allemaal zo mooi dat ik de hele tijd denk dat er een addertje onder het gras moet zitten."

"Er zitten waarschijnlijk een miljoen addertjes onder het gras," zei Ran. "Soms hebben ze een mooiere naam. 'Uitdagingen', om maar wat te noemen. We lossen gewoon elke moeilijkheid op als we hem tegenkomen."

De BO knikte, niet geheel en al overtuigd. "Ik kan er nu al een zien, nog voor we hem tegenkomen. De vraag naar roodvleugel is zeker niet onbeperkt. Niet in de stasistoestand waarin we nu al zo lang verkeren. Als de Tocks hun activiteiten nu eens uitbreiden en snel in aantal toenemen en allerlei behoeften en wensen ontdekken? Ze zijn niet altijd tevreden te houden met oude kleren en hakbladen en zwavel, dat weet jij ook wel. Wat gebeurt er wanneer ze de markt steeds verder willen uitbouwen, terwijl dat niet haalbaar is?"

"Dat duurt nog een hele tijd, een hele lange tijd," zei Ran.

Harbs gezicht klaarde op. "Ja, dat is zo. Ja, natuurlijk. Ik hoef me daar niet druk om te maken. Ik zit straks lotus te eten op een eenvoudiger, gecompliceerder planeet, beste ouwe Harb, die zo leuk vertellen kan, eh? Als ik gepensioneerd ben."

Dat was zijn reactie op alles wat er gebeurd was en nog zou gebeuren. Ran wist niet zeker hoe hij zelf zou reageren, hoe hij zou moeten reageren. Maar Lindel wel. "Ze plaatsen je natuurlijk over," zei ze. "Geen twijfel over mogelijk."

"Wat?" Hij keek haar aan, vol genegenheid, een beetje verward. Zijn wilde koloniale meisje! "Wie? Me waarheen overplaatsen?"

"Het Directoraat van het Gilde!" Ze deed een beetje ongeduldig. "Ik weet zeker dat ze je tijdelijke rang permanent maken. Je wordt gepromoveerd van drie naar zeven. Dat is onvermijdelijk, want je bent hier geslaagd. Ze hebben je een onmogelijke opdracht gegeven, en toch heb je het weten te klaren. Je kunt overal komen waar je wilt, nu. Zeven! Wat heb je het liefst? Hercules, of Tarquin? Of Wisselplaats Tien?"

"Eh..."

Ze praatte maar door, gelukkiger dan hij haar ooit had gezien. "Is dit wat je echt wilt?" vroeg hij ten slotte. Middenin een zin zweeg ze en keek hem stomverbaasd aan. "Ja natuurlijk. Dit is wat ik altijd heb gewild. Het enige wat ik ooit heb gewild. Hier vandaan, ergens heen waar alles leeft. Naar de beschaving! Een fatsoenlijk leven, oh, Ranny!"

En hij besefte dat het waar was, dat het alles was wat ze altijd had gewild: trouwen met iemand met een hogere Gilderang, en een moeiteloze, veilige, comfortabele carrière. Precies volgens het boekje. "Misschien kunnen we wel terug naar de Oude Aarde," zei ze. "Jij hebt familie, en die familie van je heeft natuurlijk connecties. We kunnen zelfs wel een flat krijgen in het Rocky Mountains Complex, denk ik. Over een paar jaar ben je misschien wel een tien!"

Het enige wat ze ooit had gewild. En precies dat wat hij niet wilde. Jammer. Jammer voor Lindel, ja. Jammer, Lindel. De weg door Rorkland zei haar niets, geen van zijn dromen zei haar iets. Omdat die dromen nu werkelijkheid zouden beginnen te worden.

Mensen en mensen en mensen en rorks leefden nu in vrede, de moordende koorts was verslagen, en nu kon het continent met eigen handen een nieuw, fatsoenlijk leven op gaan bouwen. De mensen hier zouden niet meer een troep loopjongens hoeven te zijn voor een fossiele oligarchie, een wereld aan lichtjaren van hen vandaan. Ze hadden veel te leren van de rorks. Ze wisten nog maar half hoeveel. Maar misschien konden de rorks ook veel leren van de mens. Het was heel fortuinlijk dat dit allemaal nu gebeurde, nu, terwijl de rest van het menselijke ras nog steeds moe was, vastgeroest in zijn oude gewoonten. Er was geen gevaar, nu, dat de Tocks en de rorks zouden worden overweldigd door een technologie van buiten, een technologie die hen uit zou buiten. Ze konden hun eigen tempo aanhouden, tot dat tempo na verloop van tijd hoger zou zijn dan dat van de anderen.

En Ran? Wat wilde hij? Hij wist het nu. Hij wilde dit. Geen andere planeet, geen andere wereld. Hier was zijn thuis en hier zou hij blijven helpen. Alleen —

Rork!

Alleen scheen hij nog iets te missen. Iemand.
Norna.
Maar hij zou haar vinden. En zeggen dat hij gekozen had.

Colofon

Dit boek is gezet uit 11,5 pt Adobe Arno Pro.

Deze uitgave kwam tot stand met de hulp van Wil Ceron
en Fokke de Haan

Correctuur: Pon Ruiter

Eindredactie: Koen Vyverman

Omslagontwerp: Howard Kistler

Typografisch ontwerp & Zetwerk: Joel Anderson

Management: John Vance, Koen Vyverman

www.ingramcontent.com/pod-product-compliance
Lightning Source LLC
Chambersburg PA
CBHW030127260626
47156CB00008B/2836